成人 之美

暖小团●著

時代文藝出版社

目　录

Content

自序：成人游戏

《成人游戏》其实是我最早给这本书取的名字，我觉得这个名字适合这本书，仅此而已。截止到我写这篇序言的时候，这本书仍然没有一个更合适的名字，这让我和这本书的责任编辑很焦躁，因为我们不可能在书店找到一本没有名字的书。

2012年年末，《懒得甜美》出版，那是我的第一本书，同样是杂文集。跟眼前这本书的最大区别，是《懒得甜美》更有个人主义色彩，其中不光有我的一些文章，更是包含了不少媒体对我的采访，综合而论，好像更像是暖小团的一次记录。这本书不一样，我特地在选文章的过程中去掉了太多加了个人烙印的东西，我只希望它是一些态度、意见和主张的记录，它收拢的是一些声音，而不是一些扩张。

一年中，我体重疯涨了二十斤，没回家几次，几乎没有性生活，从一个杂志社去了另一个杂志社，没加薪，在新雾都北京过着忙碌又寂寞的日子。减少了专栏的数量，也很少在微博上说超过一百四十个字的话，直到那种憋得实在需要情绪出口的时候才会打开文档，噼里啪啦敲完所有要说的话，然后命名保存，直接收工。好像所有的情绪也就随着这样一个安静又喧闹的过程彻底地付之东流，过程就好像一个饥渴的男人，面对一个AV电影，当最后一点儿荷尔蒙随着巅峰的高潮脱离体内的一刹那，整个人得到的只有更多的空虚。

有说法是2014年是寡妇年，2015年又是农历羊年，不适合要孩子，于是今年结婚的人就格外多。看着男男女女着急忙慌喜结连理的时候，我总是笑不出来。我也不知道他们中间多少人是能相互依偎走到最后的，他们中有多少人是带着真爱情定终生的。有时候我觉得我们都在妥协，现在这个年代不允许我们因为找不到爱的人所以终生不娶，没有一场爱情可以做到所谓的至死不渝。这并不让人惋惜，这是人的本能。我们必须这样做，不然我们该如何面对多舛的人生，我们总该把更多的东西握在手里，方能解忧。

我什么都不想要。我不想要钱，我不想要爱情，不想要名利，我不想要我这个年龄应该想要的一切东西，这不是不贪婪的表示，这叫没理想。最终我确实做到了什么都没有，有时候我甚至会想我是不是亏了自己。可是能怪谁？就是因为你总说“啥都行，我不挑”，所以才总得不到最想要的，没人比你自己更了解自己，该说的还得说。有时候，一个人一无所有的导致原因，恰恰是他的一无所求。

微博在一天天地衰退，新的玩意儿在不断地更新。当年从“饭否”上走下来的一群人却依旧。时光没有给任何人留情，他们中依然有人茕茕孑立，也有人终成眷属，有人背井离乡，有人幸福地沦为家庭主妇。

就像你我的人生，其实也无非如此，我们也不知道跳跃的下一个音符到底是什么音色。时间也没给任何人留情，其实走下来的全凭勇气。有时候回头想一想，也能让自己忙里偷闲一会儿，只是谁也不舍得给自己的人生打折。

爱情依旧是所有生物的中心话题，人类存在的地方就依然存在着悲欢离合。即便是任何一个所谓公知，也不能算得准感情的卦。书中讲述的大多数故事，都是我目睹或者感同身受得来的一点儿心得体会。一直以来，写东西的目的不是用来指责什么人或者说服什么人，我没有那么大的本事。如果把我眼见的故事说出来，讲给大家听，每个人都可以听出不同的动静，就按照你自己的理解去理解，也许会在以后的某一天遇到类似事情的时候突然想起某一个桥段，会觉得面对了同样的场景，也许就能恰好帮到了你。以上，就是我完成这么一本书的全部目的。

做媒体的总是觉得时间过得快，站在一年的开头觉得三百六十五天实在遥遥无期，不过如果把它浓缩成十二本杂志来看的话，其实也无非一瞬间的事儿。曾经怕到要死的三十岁依然在四舍五入之后胜利达到，逃不开，能做的只有逢迎。曾经在十八岁的时候拼命幻想自己二十岁的样子，觉得成人是一件特别神奇的事情，然而现在站在二十岁的尾巴上，看未来十年的时候，却总忍不住想成人游戏也不消停，没辙，都是命。

| 我 妈 的 故 事 |

在我见过的所有母亲中，我妈是当妈最早的一个。二十岁结婚，二十一岁生我。直到现在我都不知道这个生于3月20日，又像双鱼座又像白羊座的女人当年到底是怎么想的。

我妈是那个有五个孩子的家庭中，女儿里最小的一个，有三个姐姐和一个小她两岁的弟弟。在那个重男轻女的年代里，她是个特例。从小脾气差劲儿，动不动就哭，姥姥姥爷都拿这个闺女没什么办法。

老人们后来给我讲过我爸妈初次相识的故事：高中毕业，我妈接了外婆的班，在火车站做了一名普通的检票员，她的任务是让每一个从站口出来的人出示车票，她在上面打个孔，才能顺利放行。上班第一天，她格外认真，结果遇上了我爸。我爸当时是火车站站前派出所的民警，他刚要从出站口出去，就被我妈一把抓住，要求他出示车票。我爸一脸不耐烦地告诉她："我是警察，不用车票。"我妈不理这个："我不管你是谁，我只知道你拿出来火车票我才能让你走。"俩人于是在出站口大吵了半天，我爸最终无可奈何地掏出了警官证，我妈在上面打了个孔，才气哼哼地把我爸放了出去。我爸后来逢人就问："检票口那个大眼睛的小姑娘真不好惹，她是怎么个来头？"

后来一来二去，俩人也算认识了。我爸跟我妈说："我请你吃个饭吧。"俩人就在火车站前的小饭馆一起吃了一顿午饭。再后来，俩人开始恋爱；一年后，俩人结婚；再一年后，我就出生了。

在我幼年的印象里，我奶奶是不喜欢我的，她想要孙子。据说当年在B超里，我是个男孩儿。那时候家里没钱，做一次B超看了性别就不错了。于是我奶开始给我做蓝色的衣服和小鞋。我小时候嗓门儿大，一出生整个医院走廊里都能听到哭声，我奶乐颠颠地跑过来，说我来抱抱这大嗓门儿的孙子。护士忙解释，说："老太太，你家生的这是孙女儿。"老太太一看，脸上的笑容顿时没了，随便找个理由就回家了。

我爸倒是喜欢我。听我三姨说，我出生之后她抱着我去给我爸看，我爸当时正在医院门口吃苹果，看着我出生乐得不行，直接就把苹果塞我嘴里了。不知道这是不是我到现在都不爱吃苹果的原因。大伙儿都说我长得像我爸，属接生护士嘴最欠，她还补了这么一句："要是像她妈该多好看。"

小时候，我爸妈总是吵架，理由都是因为我奶嫌弃我，顺便也就嫌弃我妈。四岁那年，我妈问我说，你想不想要个小弟弟，能陪你玩儿。我说行啊，我要。我妈又说，那你能保护他不被人欺负吗？我说这个没问题。最后，我妈说，那行，生了小弟弟，你得把好吃的分一半儿给你弟。这一句话算是捅了马蜂窝，我从听到这句话就开始哭，中间根本不歇气儿。我妈吓坏了，哄了我一整天才好。后来我姥给我讲，我妈那会儿正是怀了个男孩儿，都成形了，她就随口问了我一声，看我那态度不依不饶的，生怕亏了我，于是一狠心就自己去把胎打了。到现在我有时候还在想，当年那孩子要是真生下来，我妈当年就再不用因为没生男孩儿被挤对了，现在长大了也能跟我是个伴儿。想想就特别想抽自己俩嘴巴，觉得特别对不住我妈。

七岁那年，我奶去世，爹妈的吵架也越来越少。只记得我上初中的时候俩人又开始掐架，因为我妈一吵架就跑过来搂着我哭。后来才知道，她那会儿是怀疑我爸跟他们派出所一个女同事有暧昧，她还偷偷地跟我说过"你爸有别的女人了"。我当时岁数小，但已经有天蝎座典型的爱报复的性格，我说妈，没事儿，你放心，他要是敢找别的女人你就看我怎么收拾他。后来这事儿还是在俩人的一场彻底吵架中不了了之。因为我在那屋写作业的时候，听见我爸实在忍无可忍地跟我妈吼了一句："你能不能不总这么疑神疑鬼的？慢说我没别的事儿，你他妈要真是非说我有别的女人，你也得给我合计一个长得好看点儿的算啊。"

在我妈的几个姐妹儿里，我大姨是二婚，俩人都是驴友，赚的钱都用来天南海北地逛；二姨是个老实人，不爱多说话，每天以老公的话为圣旨，倒也活得乐呵；三姨最聪明，能把我姨父驯化得服服帖帖又会在人前给人家留足面子，只有我妈，看上去跟我爸完全没什么爱意，俩人性格也完全不同。我还真纳闷儿，当年这俩人到底是怎么走到一起的。

前几个月，我妈过四十八岁生日。我在北京打电话回家跟我爸商量怎么给我妈过生日的那几天，我爸给我发来这么一条短信："姑娘，有些话只能以短信的形式跟你说，因为爸张不开嘴。我特别爱你和你妈，我觉得咱仨在一起就是全部。我岁数大了，折腾不起了，就希望你妈高高兴兴的，你平平安安的。咱仨人能多在一起聚聚，哪怕坐在一起吃个团圆饭，也算是我最大的造化。"

我突然就明白了这俩人的爱情。我知道让一个五十四岁的射手座爸爸说出来这些话该有多难，让一个年轻的时候抽烟喝酒喜欢到处玩儿的男人如此死心塌地到底需要多少工夫。我妈不算聪明，也没读过太多书，她就是凭着自己的一颗真心和那股子倔劲儿彻底让自己的男人一心一意。也许这就是一个女人在爱情中最牛的大招。

| 北京，北京 |

2010 年 12 月 31 日，我来北京的第三个月。那天我拿着同事给的赵传演唱会的门票，下班后换了两趟地铁，一个人去五棵松体育场看演出。我不喜欢这个歌手，我也不知道为什么要去，大约只是不想一个人跨年。也许去现场的大多数人和我一样，整场演唱会中没有尖叫也没有荧光棒。可是当这个又丑又老的男人开口唱“当所有的人 / 离开我的时候 / 你劝我要耐心等候 / 似乎知道我有一颗永不安定的心 / 容易蠢动”，我一下就哭得像个傻 ×。那年我二十四岁，生命中第一次哭着跨年。我至今都能记得那时候心里难受的感觉，但我至今都讲不清楚流泪的原因。

2009 年 6 月，我从家乡哈尔滨的某师范大学中文系毕业。同年底，经过入职考试加上父母托关系，我进入某大学附属高中，成为语文组的一名教师，主要教顽皮不羁又家境优越的艺术生，让他们在高考中能进入理想的大学。2010 年 3 月，因为当时还年轻的新浪微博突然加了个“测试版”符号，加上之前同类网站“饭否”被封，网上疯传微博要被和谐。当时我微博粉丝只有一千多，一个姑娘私信我，说我挺喜欢你的，我怕微博挂了以后找不到你，我能把你的语录整理成一个帖子吗？我说行，反正我平时也是自言自语玩儿的，你随便。几天之后的一个中午，我因为下午第一节没有课，破例在午休时间从学校回家吃午饭，打开电脑，第一眼看到的是消息框提示：你有10000个新粉丝，7800条转发，3900条评论。我当时心跳到嗓子眼，说实在的是吓坏了，点开几条评论才清楚了原因：那个留言给我的姑娘整理了我的一百条语录发在当时某个最热门的论坛，于是一夜之间，无数人找来。

我的第一反应是自己会被学校开除，我知道网络时代人肉一个人有多么容易。学校领导如果知道自己的员工突然成了网络红人会是什么表情，学生家长如果知道孩子的语文老师是个口无遮拦的姑娘会是什么态度，这不难想象。我做的第一件事是删除了所有我之前发布过的个人照片和带个人明确消息和@周围朋友的微博，我想保护我的学生保护我的家人，起码他们不至于被推到风口浪尖。整个下午，我都在紧张中度过，粉丝数还在不断攀升。之后的三天，我没更新任何一条微博。我没法入眠，我还得上班，但是我可以装死，或者装死狗。

到2010年6月，我的第一批学生毕业，一切似乎没我想象的那么坏。这期间打扰我的只有莫名其妙的评论和连绵不断的私信。两个月后，我收到一条私信，大意是问我愿意给他们写专栏吗？我没回复，第二条私信很快发来，这个人问我，你愿意来北京做杂志编辑吗？我看到他的微博认证是某杂志主编。

因为正值暑假，我有的是时间想事儿，一周之后，我做了最后的决定。一个下午，我带着辞职报告跟校长彻底谈了一次，从学校出来的时候已经彻底告别了自己的教师生涯。回家之后我才把这个消息告诉父母，他们先是惊讶，因为在此之前我没跟他们透露一点儿相关消息，他们的讶异很快就变为愤怒，他们知道一份高中教师的工作对于一个生活在哈尔滨的二十三岁姑娘而言，实在是一份旱涝保收的工作。他们不明白我为什么要因为一个在网上结识的人的一句话，辞职去千里之外的北京，也不知道没有一点儿编辑经验的我突然跑到北京到底能做点什么。确定我已经辞职之后，他们开始沉默，整个家里陷入一种可怕的死静。十天之后我启程，母亲默默为我收拾了行囊。后来，我妈才告诉我，我做警察的父亲在得知我辞职消息的当天就来了一趟北京，专门跑到我要工作的公司彻彻底底地打听了一通，确定靠谱之后，才默许我离开家。

来北京的第一段日子，我借住在一个朋友的朋友家，只因为她就住在我公司对面，再远点我可能不认识路。我要做的版面是两性与健康，这对于一个之前性生活对象只有大学男朋友一人的姑娘而言实在有点滑稽。不过一切容不得我选择，这对我而言不是安排，是任务。

几个月之后，我已经见过所有之前认识的在北京工作的网友。我依然什么地方也找不到，工作还没转正期间，我那些微薄的工资都用来晚上和朋友吃饭来回打车，带来的之前攒下的工资也基本上花了个精光。总是在别人家叨扰也不是长久之计，于是我用身上的最后一笔钱租了间房，房主是对儿北京的老夫妻，两个人住在破旧到不行的楼里，只住两室中的一间，另一间租给我。坏消息是窗户摇摇欲坠，好消息是距离公司近且价格便宜。

那段时间我几乎每天都在喝酒，没有一天不在凌晨才回家。我每天都穿着大眼儿的丝袜，蹬着高跟鞋，两只手指夹着一根烟，给自己涂个大红色的嘴唇走在这个城市。我不知道自己为什么非要这么干，但我只知道，如果当时的我任凭自己的状态压抑下去，我很可能在某个周末被压抑扼杀在那个破旧的小屋里。

没有人瞧不起我，没人给我冷眼，我只是突然觉得自己渺小。虽然我按照之前做教师时候的工资提了薪资要求，可这个数字在北京这个城市中仍显得少到可怜。有时候，我会在下班之后坐在人潮拥挤的国贸地铁口拎着一瓶啤酒看周围的人：他们个个行色匆匆，好像这个城市都需要他；他们好像永远那么忙，好像他们就是这个城市未来的开创者；他们总说“下班了，回家”。可我总是想：这个城市真的是他们的家吗？能让自己睡个觉的地方就是家吗？他们真的需要一个每平方米要支付四万块才能买下来的家吗？我们每个人好像一直都在跑，却总觉得把心和最后一点儿安全感落在了千里之遥的家乡。

我开始强迫自己找个北京的男朋友，我希望这么做能换来内心的安全感。我知道有了他我就再不用到处问路；我知道有了他我也不用住在冬天要盖三床被子才能暖和起来的旧房子里；我知道有了他我能有个关于明天的期许；我知道，有了他也许我就不会让我的孩子跟我一样，不得不面对初到大城市的怅惘。

当我的男朋友第一次带我回家的时候，我并没有看到新楼盘里的气派的大宅门，那是一幢破旧的小楼，电梯里黑咕隆咚，房间里散发着潮湿和发霉的气息，我低下头默默地吃饭的时候，我听到他母亲在厨房里问他：“怎么是个外地姑娘……”

2011 年，因为连续喝酒熬夜的不规律生活，我生了一场大病，父母闻讯赶来，给我单独租了一间房子。他们跟我说："回去吧，回家怎么都比这样强。"我就乐了，我说我来了就不打算走，要是这么走了我之前受的这些就全白费了。我妈开始掉眼泪，她说我知道你过得不好。我说真的，我过得挺好，我要是真过得不好，我都活不到今天。

之后的日子我开始老实地生活，大约是之前过剩的荷尔蒙都被那一场病搞得消失殆尽，再也不需要酒精和彻夜狂欢来消耗它们。我发现日子竟然也能这么顺理成章地过下来，我再也不在意北京户口，我再也不羡慕三环有房，我再也不动辄就长吁短叹，我再也不把自己搞得狼狈不堪。事到如今，除了每个月让自己活得再不拮据之外，我还能掏出一大笔银子补贴父母。当赚钱，买房，买车这些事情一件件地靠自己的本事去完成的时候，我才发现，那些之前以为永远不会过去的东西，竟然就这么简单地过去了。上个月拿钱给我妈的时候，站在一边的我爸沉默了半天，突然冒出一句话："没想过，你还是翅膀硬了。"

我仍然不建议所有刚拿到大学毕业证的孩子把这个城市作为毕业后就业的首选。我爱过这个城市：我喜欢京腔，我喜欢密布的胡同，我喜欢下午的后海。没错，你可以在这个城市赚到更多钱，这个城市遍地都是机会。但你也要知道，你要为此付出什么样的代价。如果手里已经端稳了一个饭碗，想要换个更好的饭碗，你可以来这里；不过如果你此时手里并没有一个吃饭的家伙，想来这儿张开手讨口饭吃，你就要清楚，你可能要下跪。

新年开始的时候，身旁的几个朋友先后离开了北京，选择回家乡去工作。走的时候她们跟我说："当时觉得非来北京不可，现在突然觉得，活着是让自己自在快乐的，这个最重要。"我倒是突然明白了点什么：好吧，这个让我们又爱又恨的城市，我没本事让自己活得更好，但我起码能让自己不死。

| 怪癖 |

李婷是个有怪癖的人。

她的怪癖不是天生的，而是得益于母亲。她妈妈是某国企的一把手，上世纪 90 年代初就月薪三千多，只可惜这个生性好强也不差钱的女人始终没办法搞定自己的婚姻，直到三十八岁才拼了老命生了李婷。小时候，她和所有女孩儿一样，也是高兴了就笑，伤心了就哭。但李婷妈好像并不喜欢撒娇的小孩儿，她总是反复呵斥女儿："不许哭！"有一回，李婷同桌的文具盒被别的同学偷了，那人倒打一耙说是李婷干的，老师兴师动众地找了家长，班里同学也不跟她玩儿了。李婷委屈得不行，哭得嗓子都哑了，她妈反倒一脸不耐烦地在旁边骂："就知道哭，哭能解决什么问题？有哭那本事，你倒是报复她去啊？"

李婷能想起来自己的最后一次哭是在十一岁那年，那是她印象中京城最热的一个夏天。一个早上，吃早饭的时候，父母告诉她，他们决定离婚了。李婷正嚼着饭的嘴巴突然不动了，眼睛里一下就盛满了眼泪。

她没有声嘶力竭地去哀求或者挽留，她甚至没说一句话，只是眼泪像断了线的珠子一样整整淌了好几天。那之后，她的生活发生了两个改变，第一，她爸爸跟着一个陌生的女人走了；第二，她此后再也没掉过眼泪，一滴都没有。

几个月后，传来了她父亲再婚的消息，李婷记得那几天她妈好像一直在跟什么人打电话，声音很大，但语速快到她听不清内容。几天后，她放学回家竟然见到了父亲，这个男人似乎老了很多，旁边站着表情盛气凌人的母亲，两个人似乎完全无视她，就这么令人窒息地僵持着。

不知过了多久，父亲深吸一口烟，突然开口："干脆说清楚吧，你到底想干什么？这还让她在单位怎么混？有什么本事你直接冲我来啊？去人家单位闹算怎么回事儿！"

母亲没说话，依然叉着脚抱着肩站在那儿。父亲接着说："我告诉你，你就是再去她公司闹，我俩也结婚了，白纸黑字，我们受法律保护，你能怎么样？大不了我们换个城市生活远走高飞，不受你这个，一样逍遥自在！"说完，他把烟头扔在地上用力踩了踩，像是踩掉了所有愤怒，起身出门。母亲的声音在这个时候骤然响起："我不想干什么。我只知道，欺负我的人，我都要报复！"父亲没理会她，头也没回地走了，这一走就再也没回来过。

后来的李婷连说话都很少，也不爱学习，还学会了抽烟和喝酒，她也不知道她是用麻醉的生活来清醒自己，还是用清醒的酒精来麻醉生活。高考那年，她自作主张地在志愿表上给自己写上了电影学院。好在命运第一次厚待她，那个秋天，她如愿以偿。

大二的时候，李婷交到了第一个男朋友。那是个挺高的男孩儿，外地人，笑起来嘴巴眼睛都是弯弯的，他说李婷像个谜，眉毛间永远有他解不开的神秘；李婷也说不出爱他哪一点，只是觉得每天能看到这个笑容也不错。大二的时候，两个人干脆在校外租了套房子，开始了同居生活。

从李婷得知怀孕的那一刻起，那个男孩儿的笑容就再也不见了，取而代之的是长吁短叹。终于有一天，男孩儿干脆消失了。在跟她最后一次通电话的时候，他说他要回老家去寻梦了，等他赚到了钱，就回来接李婷和孩子。别说，李婷后来还真的见过这个男孩儿一次，是在午后的后海，她看见他搂着他们系主任的女儿正在水边聊天，两个人的笑声像是一串春天的风铃。李婷突然理解了她的母亲，也许，报复未必能让事情有所转机，无非是让自己心里舒坦一些罢了。但她始终没吵也没闹，因为她烦透了她母亲声嘶力竭的喊叫。几天后，系主任的女儿收到了一个信封，里面只是塞上了李婷和那个男孩儿的照片，以及一张人流手术单。

毕业后的李婷决定忘了这一切，她去了一家外企应聘做市场文案。Susan 是她的同组同事，这个烫着一头大波浪，踩着九厘米的高跟鞋的三十二岁女人总是喜欢给自己涂个大红色的嘴唇。据说她嫁了个大款，男方很疼她，还经常来公司接她上下班。那男人李婷也见过，看上去与所有暴发户无异，遇到什么人先握手，然后递上自己的名片，说，你就叫我王总吧，好像生怕辱了自己的身份。别的同事偷偷告诉过李婷，Susan 只有大专文凭，却能一路顺风顺水做到总监级别，完全得益于她那一张巧嘴和排挤人的本事。李婷很快就感受到了这些，一盆盆的脏水泼到她身上的时候，也正是Susan风光体面的日子。终于，在一次Susan搞砸了订单让李婷来全盘顶包的时候，老板在震怒之下辞退了李婷。

走出公司的时候，李婷突然有了点解脱的感觉，她好像再没有了任何顾忌，也没有恨，只是想：不行，我不服，我要报复。于是，在Susan出差的时候，她拨通了Susan老公的电话。电话那边，男人的声音很平稳："好的，我们今天晚上在落霞餐厅见，我请你喝酒。"

事实就是这样：当一个条件不算太坏的女人想跟一个男人上床的时候，一切会变得轻而易举。

夜里十一点半，她跟着王总回了家。当他臃肿的身躯在她身上卖力地耸动的时候，李婷突然觉得很快乐，她面前出现了Susan趾高气扬的神情，系主任女儿那沉浸在爱情中微笑的脸，以及继母带着父亲走时嘴角那丝轻蔑的笑……她觉得这一切都算有了个彻底的了结，这是她最酣畅淋漓的一次报复，于是她也就在这种近乎病态的心态中，羞耻地达到了高潮。

平静下来的李婷给自己点燃了一支烟，仰望着天花板，身旁躺着还在喘着粗气的王总。她想：Susan平常是不是也会如此？她是不是也是躺在这个位子上享受鱼水之欢？她会发出什么样的叫声？她想：Susan也许永远不会知道，自己曾经来过她家，睡在她的床上，被她的丈夫搂着。她可能也永远不知道，自己口中炫耀的那个绝世好男人，实际上被她得来竟是易如反掌。

第二天早晨，李婷是嘴角挂着一丝笑容醒来的。顺手一摸，身旁的人已不知去向。她又清醒了一会儿，在坐起身四下看时，屋里一切如初，阳光很好，床头直对着的依然是那一大幅 Susan 和王总看似恩爱的结婚照。只是在李婷的包下，被塞上了一叠厚厚的人民币。

李婷瞬间清醒了，她好像明白了什么。接着，是被前所未有的耻辱包围。原来，她口口声声宣称，自己是在报复一切她讨厌的人，实际上，她使用的武器，却是自己。

| 碰瓷儿 |

T是我的大学同班同学兼室友，因为复读一年，所以比我们都大一岁，家在我们那儿的一个小城。T个头娇小，长得不赖。她跟我们这些傻学生不一样，她喜欢结交一帮社会上的人。刚认识她那会儿，她有个高中带来的大她一年的男朋友，不在我们学校。我已经有点记不得那人的长相，只记得个头不高，皮肤白，头发不多，待人很谦和，对她格外好。那时候刚上大学，有男朋友的姑娘还不多，T和她的男朋友颇有点神仙眷侣的意思，俩人和和睦睦，看上去仿佛就等着挨过这大学四年毕业，俩人赶紧结婚得了。

大二下学期的时候，整个寝室的人都渐渐觉出了T的异样，她不再每周末跑到外面去和男朋友约会，而是每天都在熄灯前才匆匆回寝室，简单拾掇一下东西就一头钻进被窝里煲电话粥。这种现象持续了若干个月之后，T宣布跟男朋友分手，但我们并未从她脸上看出任何伤感，甚至连一点点沮丧的意思都没有。随后，我们就在打水的时候看见她和另一个男生携手亲吻的场景。我们突然就明白了T不为分手感到伤心的根本原因：有谁会在辞旧迎新的时候泪流满面呢？

T的新男友叫Y，是我们同系不同班的男生，高，瘦，有点黑，看不出有什么特别的优点。后来听说俩人之所以在一起，是二人因为在运动会上做志愿者偶然相识，相互换了手机号码，接着T就不断给Y发短信联系，Y的女朋友在外地念书，鞭长莫及，两个人一来二去很快睡在了一张床上。第二天，T就要求Y跟女朋友分手，Y肯定不服，T说你要是敢不跟她一刀两断，我就找我道上的哥们儿弄死你，你女朋友也别想好，我这就告诉她咱俩的事儿，你把我睡了，你就得对我负责。

Y于是乖乖地跟原女友分了手，T随即也找了个理由跟前任大吵了一架之后宣布踹了自己原来的男朋友。T和Y两个人很快相亲相爱地在校园里成双入对，好在两个人过去的恋情都在校外，如今在校园里勾肩搭背，看上去倒也郎情妾意。这段感情四平八稳地进行到毕业，只是中间听说男方家好像颇有势力，嫌弃T个头不高且是小城市来的，门不当户不对，所以一直不愿意承认俩人的关系，甚至连T的面都不愿意见。后来我们就毕业了，所有的联系也就都随着那个酷热的六月，干脆地蒸发掉了。

毕业后我去他乡就职，消息就更不灵通。偶尔在网上被加入一个当时的校友群之后才发现，T正在炫自己女儿的照片。一看那小孩儿的脸就知道准是Y的娃，不过算算出生日子，应该是在我们毕业后的第八个月。细一打听才知道了详情：毕业后，Y家父母要求Y跟T分手，在家乡按部就班地找工作找对象，T自知天命难违，于是频繁来找Y临别前约会，不久发现自己怀上了，于是顿时反客为主，登门去找Y家父母，说要不给个说法这事儿没完，甚至扬言说什么堕胎等于杀人，全家都会遭报应。Y家对这一切毫无思想准备，怎奈木已成舟，于是也只好默许俩人的婚事。Y和T匆匆办了个婚礼，婚后八个月，孩子就呱呱落地。T堂而皇之地离开小城市，嫁入Y家，做了个风光的全职妈妈。

人家还告诉我，Y家父母有点重男轻女，所以T正准备要个二胎，不过这事儿可得凭真本事，碰瓷儿可能在别的事上帮咱一把，但在下一代的性别决定上似乎帮不上忙。碰瓷儿这事儿需要胆量，需要机会，更需要一个合适的对手，到底能不能赢，得看造化。

| 分 手 纪 |

我决意与他分手。

我曾经非常爱他。我觉得他像一个谜，我永远不能十分了解他，有趣又浪漫，他知道怎么惹人喜欢到刚好不讨厌的程度，似乎永远有女孩儿喜欢他。我也试着从众多姑娘当中分一杯羹——女人总是爱凑热闹的生物，一群人围着的东西，总觉得应该不赖。很快我们开始一起鬼混，晚上一起出去喝酒，通宵玩牌。男人这种动物有个致命弱点，他们从不拒绝一个看上去好像喜欢自己的女人。

一个洋溢着朗姆酒的夜晚，我们爬上了床，那是一场掺杂了酒精和体液气味的交媾。之后我像是一个刚刚吃够糖果的孩子一样，甜蜜并满足。我突然间觉得，我就想要这些，足够了。我并不想爱他这个人，他的生活都与我无关，我无非是想尝尝他的味道，尝完就算。

我们最终确定了关系并很快生活在一起，我们度过了一段相当长的快乐时光。我们每天和朋友聚会，每天举着相机拍些只有我们两个人能看懂的照片，我们奔走在每一个城市里，累了就坐在午夜冷清的大排档吃一碗滚烫的拉面，我们几乎每天都跟啤酒生活在一起，我们好像完全不知疲倦。躺在床上的时候，我们就做爱，我第一次从一个男人那里得到了两次高潮，那种感觉像是自己躺在夜晚的河边，任凭浪潮暗涌，彻底吞没我的身体。生活和高潮彻底搅和在一起，并歇斯底里。

很快，我们的问题出现了。我们开始因为生活中的一些琐碎事件争执不休，各自的固执和坏脾气让我们开始誓死捍卫自己之前的生活习惯，我们开始因为不如意而相互埋怨。我们依然每天和酒精一起生活，但有的时候是用它来泄愤或者是安慰自己。

他之前身上的神秘如今看来像是儿童吹起的彩色泡泡，一个个升高，破碎。他开始对我说谎，即便是一件看起来微不足道的小事儿。他对此的解释是“我希望少解释一点儿，我是为了我们活得更好”。谎言是二人关系里的一个鬼响的不信任信号，它总是在我即将原谅他的时候又一次出现。我愤怒地一次次责问他，为什么一定要说谎。他没有回答，但我从他的瞳孔里，看见歇斯底里的答案：因为我当你是一个白痴。

酒精、聚餐、奢侈品和大量的进口零食消费掉了我们大部分的钱，我们必须用最好的。于是他开始觊觎我的钱，我被迫开始养活他。我在过程里有过不平，但我告诉自己：我爱他，我非常爱他，我应该为他这样做，他会好起来的。钱是否能为他买来安全感我不知道，我只知道自己曾经在为一顿一千八百块的日料埋单时，想过根本不结账，扔下已经烂醉的他，转身走人。

我们的性变得越来越少，再到干脆没有性。我开始有些不安，我寄希望于是另外一个或者一些姑娘在分享他的激情，那至少证明他还是正常的。某个清晨醒来，在晨曦刺穿窗帘那种斑驳的光线里，我看到他慌张地从书桌前站起来，提上了裤子。

我在等着他跟我求婚，我认为婚姻是万能的耶稣，它也许可以拯救现在的一切。那样，我所有的奉献就都有了善终，他的脾气也应该可以为此收敛。我只在醉酒后的午间醒来，听到他摇醒我，说亲爱的，我们去领取一张结婚证。但我从来没有得到一枚戒指，我需要那东西。我不是爱钱，我只是觉得，那个东西起码让我相信，他在用一大笔钱来支付这个承诺，他是用了心的。

于是我跟他说，我们的激情已经过去了，我们不应该再这样继续这种生活，它对我们来说都是一种煎熬，对钱也是。我开始一次又一次地收拾行囊，告诉自己：我明天就离开这里。然后第二天醒来，一切照常，我们就像之前没有吵过架一样继续吵架，样子滑稽至极。

我拿着一个占卜师给我的单子，他告诉我，我应该在今年下半年遇到Mr.Right，明年或者后年结婚。我想，这是个好的说服自己的理由：我们命里无缘。然后我又一次背上行囊和高高肿起的眼睛，拦下了一辆出租车，悄无声息地坐进去，任凭面前一片氤氲。

他跟我说的最后一句话是别走，我没听。我想我奉献的已经够多了，探险就到这里吧。我不清楚，他让我留下到底是因为真的爱我，想让我一直在身边，还是仅仅为了证明自己，证明自己能力无限，任凭岁月沧桑，依然是翩翩少年，生怕自己失去了又一个女人的眷恋。

|给未来丈夫的一封信|

那小谁：

你好不？

算命的说我在2013年下半年能遇到我的Mr.Right，我琢磨着也快了，你现在也当右手先生呢吧？德行。

我从来没觉得我自己着急过结婚，好像我也没到那个非结婚不可的年纪。在我的印象里，我应该在三十岁之前都处在青春期，啥都不用想，好好玩儿比啥都强。可现在我也渐渐没这个本事了，2012年头好，周围人成群结队地结婚生孩子去了，在幸福面前没有人乐意等等我。而我，因为不愿意委屈自己，还在这儿傻呵呵地等你。

我越来越不愿意上人人网或者刷微博，总觉得打开屏幕全是这家订婚了那家孩子满月，去年十月我一个月之内就送出去了一万块的结婚红包和六千块的满月红包。这事儿不光给了我的银行卡致命一击，对我那脆弱的小心灵来说，也算是个不小的震颤，我原本以为我一直还算是年轻人，根本没想到弹指一挥间，前几个月还抱着我大腿跟我说男的都是王八蛋的闺密几个月之后就跟我说嫁了。我能说什么？她们把世界上的好男人一个个地装进自己被窝儿，我现在十分忐忑，我生怕你是个别人不稀罕要的剩货，打折处理清仓大甩卖之后，归了我。

以前岁数小，我不想也不着急结婚，我就想恋爱，谈一场以结婚为终极目的的恋爱，你只要心里有我，觉得别的妞儿都不行，就想跟我这德行的结婚。我现在有本事了，主意正，你肯定不至于像我大学男朋友似的死于我爹妈的反对。我现在也有钱了，你也不至于像我刚工作时候的男朋友一样死于我的穷。去年我因为自己作践身体大病了一场，这场病让我爸妈和我都想明白了，钱、地域、家庭条件都不重要，只要是个好人，老实本分比啥都强。我也想明白了，我懒得再去夜场混了，我也不愿意跟看着差不多的男的上床试试玩儿，我没那个精力和体力。我爹妈也经不起我这样折腾，这种二十七岁开始苍老的心态不知道是好事儿还是坏事儿，反正我有点惶恐。

我估计我未必多爱你，因为我已经把我最大的热情放在之前撕心裂肺的那些恋爱身上了，现在再加上工作和杂碎事儿，总觉得自己没那么大劲头儿拼命对一个人好了。不过你别怕，我自己最了解我自己个儿，我这人对谁都是一副臭脸，但好在我心眼儿不坏。我可能对钱是把得有点严，但我舍得给自己家爷们儿花钱。我就是嘴欠而已，人格还是有的。

我一直都想二十七岁的时候生小孩儿，现在看上去八成是来不及了。

我就是想，自己总是惰性强，没动力，有了娃，以后就得担着点责任，也就能告诉自己每一步都得走踏实了。未必是个坏事儿，其实，不花花着也能过，咱还要过得好。

不知道你现在咋样儿，干啥呢，在哪儿呢，跟哪个姑娘一起混还是自己跟自己玩儿呢。反正作为你未来的媳妇儿，我对你的要求很简单，我没想指望你赚多少钱，我不缺钱，但你要保重你的身体，这才是最大的本钱。

我希望你是个好人，别干那些偷鸡摸狗的事儿，我跟你丢不起这个人。有个自己的本分工作，会点能让自己一辈子饿不死的小本事。即使你现在因为姑娘闹心成啥样儿我都能忍，结婚以前多经历点你才能分清楚好人坏人呢，没经历过王八蛋的哪能叫男子汉，你以后才知道谁才是真心对你好。别因为姑娘拧巴，没事儿，我稀罕你。

最后希望你爸爸妈妈好，我未来的公公婆婆健康对我来说是个好的后盾，一家人过着舒心。我希望你能早点找到我，我也希望我能早日遇上你。今年的情人节挨着新年，其实我一直喜欢新年多于喜欢情人节，总觉得一家人欢欢喜喜地聚在一起比两个人在床上待一天要舒服得多。早点睡吧，明天你还要上班，祝你晚安。对了，我也希望你是个理科男，因为我不会修电脑。

你未来的太太：暖小团
2013 年 2 月

| 给前任男友的一封信 |

杜先生：

今年是我们分手的第四年，是咱俩认识的第八年。写这封信给你是因为得知你已经领证完毕，今年结婚，约莫是五一，所以我想在这之前把积累了八年的话一并说给你，应该是最后一次了，有话说在你婚礼前，以后你便是别人夫，以我的性格也断断不会打扰你。分手之后咱俩就很少说话，索性这么一次一吐为快，把最后一点儿心底话都说清楚，以后也好彻底从容做路人。

先要说一点：终是我对你不起，我承认在咱俩四年的感情中，我欠你太多。我挥霍着你发给我的那么多爱，不以为耻反以为荣。我跟你最好的哥们儿上过床，最后的分手也是因为我们分隔两地，我实在没有信心继续走下去才主动提出来的，这些都是真的。从始至终你没有一句责怪，但我能想象出你的难过。不过我当时想，既然我们没法结婚，当时你似乎还对这四年的感情无法释怀，那我不如早点让你恨我，你恨我，你才能过得更好，于是我亲口告诉你我和你最好的哥们儿的事儿，我亲口告诉你其实我从开始相处那天就知道我们走不到最后，这是我最残忍也最有效的手法，我成功了，你彻底从我的生活里消失了，带着彻骨的恨，但我过得并不快乐。

上天是绝对公平的，它根本不管你骨子里到底是不是一个好人，你只要做过错事，它是一定要你加倍还上的。我已经遭了报应，跟你分手之后我学会了抽烟；我开始跟认识或者不认识的男人上床来打发寂寞；我学会穿高跟鞋；我开始通宵喝酒。直到去年，我生了一场大病，医生没法解释这病为什么就突然发生在我身上，我知道，这就是我挥霍的代价。当我想好好谈一场恋爱的时候，我找到的是一个劣迹斑斑与我在一起只因为我有钱的男朋友。当我彻底看穿这一点的时候，我把最后一点儿青春和一大笔钱扔在那里来不及擦一把眼泪就夺路而逃。我不敢抱怨，我把自己这些年来的遭遇统统解释成两个字，叫：报应。

我希望你过得好，我希望你可以幸福一辈子，真的。在没有其他爱情作为比较之前，我并不知道你是对我最好的那个人。我一直以为，谈恋爱就应该是这样的。每个男人对女人好是天经地义理所应当的，我觉得但凡你爱一个人，你就应该这么做。我永远记得我们还是穷学生的时候，因为我说了一句想要个 iPod 听歌，你自己默默地吃了一个半月泡面，等我生日的时候亲手把最新款的机器放在我手上；我也记得，每个暑假寒假你大老远地带上礼物跑来看我；我记得，我逛街逛到脚疼，你就背着我一路走。如今回想起来，我幸福过，那幸福是你给的，我要感谢你，可我也知道，你当时对我好，并不是为了让我谢你。

我记得大二的时候因为生理期不规律被我妈带到医院看医生，实习医生告诉我说这是怀孕，我妈当时气得要死，我吓坏了，打电话给你，你说：“你别着急，我现在就跟我爸妈说，我不让你堕胎，我这就娶你。”后来验血验尿下来医生说一切正常只是虚惊一场的时候，我发信息给你，你跟我说你这会儿又高兴又难过。高兴是因为我没什么事儿，难过是因为你本以为这就能跟我结婚。

你是个好人，所以我才祝福你。我羡慕你的妻子，她未必在婚后能有多少钱；她未必能在未来成为衣食无忧的阔太太；她未必能成为人群中最耀眼的那一个，但，走到了这个年纪，我还是知道的，对一个女人而言，最重要的事情其实并不是老公赚多少钱，事业多牛 ×，或者是住多大的房子。嫁个靠谱的人，能稳稳当当地过日子就是最大的造化；起码你想哭的时候，也能有个人看。这就够了。

我被男人骗的时候，我诸事不顺的时候，我听不到真心话的时候，我总会想，如果是你呢？如果我们还在一起呢？如果我还是你女朋友呢？如果你在我身边呢？你绝对不会做这些，我确定。你会用你的方式把我宠起来，你会用你特别笨的方式对我好。可是 2013 年的时候，我用这样傻 × 一样的方法告诉我 2005~2009 年的恋人，我懂了八年前的你，我说了又有什么用呢？

写这封信的目的，不是为了让你回头。你完全不需要为一个背叛过你的前任回头，我也不想要一个回头的你。我只是想说，很多事，我现在才彻底明白。我当时不喜欢你老实巴交，后来我知道，这叫踏实；我当时烦透了我在家里说一不二，我总觉得男人该霸气点，后来我知道，你这叫对我好；我当时嫌弃你每个月赚得还没我多，后来我知道，你所有的一切都是凭借你自己的本事得来的，不是靠你爸帮你操办的，你这就叫牛 ×。没错儿，我现在全都知道了，我觉得你是天底下最靠谱的人，我知道你是天底下对我最好的人，我知道了我理解了，可是，太晚了。

如果还跟你在一个城市，这会儿我应该会把你约出来，在一个傍晚，在一个喧闹的酒桌上，在觥筹交错推杯换盏当中，在流下几行眼泪之后把上面这些话一气儿说完。这些陈年旧事还是得面对面讲出口，再加点啤酒的味道才对劲。如今在两个城市，也只能用这么矫情的办法说给你听，希望没烦到你。

想起来两年之前的光棍儿节看《失恋 33 天》，宣传片里截取了各种各样失恋的人想对前任说的话。有个姑娘是这么说的："希望以后的每一年，都能有一个真正懂你爱你的女生，陪你一起……"然后就彻底哽咽得完全说不下去，我的眼泪一下子就掉下来了。是的，我让你失恋了不假，但是我自己也尝到了失恋的滋味不是吗？在我如今颠沛流离赚着大把的钱但是找不到一个真心爱我的人的时候，当我在一个陌生的城市找不到自己归宿的时候，你已经在小城和和美美地和一个真爱你的姑娘喜结连理，这不算多大的幸福，但是你自己用一颗真心经营来的，这，就是给专情的人最好的报答。我想我不必祝福你，以后有个爱你的姑娘陪你一起如何如何，我知道你一定会的。

我现在突然想，我可能真的爱过你，不然我为什么会在每次难过的时候，都能想到你。

好了不多说了，再说就矫情了。明天就是五一假期，新婚快乐！

如果你愿意，我永远是你的好哥们儿。

要幸福，晚安！

暖小团
2013 年 4 月 28 日夜

| 打 工 妹 自 述 |

两个月前，我和一个高中同学吃饭。他是我高中那个文科班里为数不多的男生，当年因为性格活泼开朗，成了班级里所有人的好伙伴。如今多年不见，意外得知同在北京，于是主动热情地要请我一起吃顿饭。见面之后才发现路数不对，该人自称在北京海淀某高中做老师，自称三年前入京就获得了北京户口，如今在中关村附近有套已经供完的三室一厅和一辆高大上的奥迪，事业正在上升期，堪称春风得意。当年学生时代的幽默和谦逊统统不见，取而代之的是一个牛 × 能把桌子吹得 360° 无死角掀翻。

那是我吃得最累的一顿饭，我哆里哆嗦地吃饭，因为脑中一直在想，如果他真的一个箭步冲上来问我：你知道安利吗？我到底该如何回答。后来他喊了结账却坐在原地一动不动，还是我埋了单，这位北京阔少才心满意足地拂袖离去。

那天坐在回家的出租车上，我开始想一个问题：北京到底把我们变成了什么样。二十四岁那年，我因为爱上一个网友，加上刚好接到北京一家杂志社的工作邀请，索性辞掉高中教师工作，只身从哈尔滨来到北京，随后发现网友有一女友，遂离开。随后靠着闺蜜朋友救济，先后住过若干个地方，过着自己都不知道晚上要睡在哪儿的生活，相对稳定的工作是我唯一的活路，后来牙一咬心一横在CBD租了一间固定房子给自己，只为工作近，反复逼着自己稳定，一遍遍告诉自己：要是再这个德行混下去，如果有一天真的老无所依，都他妈的没有人能把我埋在春天里。

然后我开始意识到，我不是北京一日游来的，我得让自己活下去，还得活出个人样来。好在还有工作。我深知，身为一只麻雀，重要的是多吃粮食多筑窝，活下去都费劲的时候，还幻想着自己一朝变凤凰这事儿不能叫有理想，而应该叫臭不要脸。

说实话，我理解我的高中同学，每一个从小城市来大城市的打工者都会理解。只有这样不断地靠吹牛×来给自己洗脑说我能行，才能有更多含泪硬撑的借口，才能有更多变别人白眼为重视的可能。活下去才能活得好，也许这种方式没错。可是我不愿意，我不愿意让自己在大城市先学会的事情是吹牛×，而不是自食其力。我不想等到自己把自己都骗得信了自己，真的以为自己活得一人之下万人之上了，等到真的有梦碎那一天，从此武功全废，彻底消沉，再没有重振旗鼓的一点点转机。

我想过用同样的办法找到自己的存在感，我想过用灯红酒绿来麻痹自己的生活。我曾经觉得，找个北京男人嫁了就好，起码能让下一代生下来就带北京户口不用颠沛流离，起码能不用买五万一平的房子，我也曾经想牢记北京的大街小巷来伪装本地人，这样起码能在本地人说“北京都他妈的让外地人给毁了”的时候不再心头一紧，而是能假装仗义地跟他们一起骂一骂。但我发现，自己根本不愿意为了一张户口就把自己一辈子交待进去。我也想过买无数淘宝的A货扮一脸女大款相招摇过市，但想想过程就觉得恶心。我也想跟所有认识的人吹牛皮，但我生怕吹着吹着我就变成一只笑得表情僵硬的充气娃娃，飘啊飘啊不知飘到哪儿去。

你说我们爱这个城市吗？我不爱，不是没有这个城市我们换哪个城市都活不了，谁也不是非赖在这个城市不可，我们为什么这样，其实是在跟自己较劲，是在替青春叫一句不服，我们无非是想看看，在抛离了故乡父母为你打造的锦绣前程之后，你到底能不能活，想试试仅凭自己的能力能不能实现从无到有。

没有一个家长会跟自己的孩子说：混不好就别回来了。他们只是跟我们说：没事儿，混不好咱就回家。如果说我最终能有个打工妹中比较好的结局的话，那一定不是因为我有能力，因为比我有本事的人多了去了，我能赢的原因无非是：即便我受挫折，即便我被打击，我想过死我都从来没想过大不了就跑路这种事儿。遇到麻烦先想的事儿是怎么一件一件把眼前这些问题摆平，而不是一瞪眼说惹急了老子就一走了之。

我不知道我能在这个城市里活多久，但我觉得起码得对得起自己这几年好年纪。我只想不管以后怎么样，回头想想能不觉得这些年轻的时间都被自己浪费掉。我只是不想太亏待自己，拧巴和被动不一定能吓跑我，但一辈子顺风顺水又似乎太扯淡。没办法，生来劳碌命会让人觉得，太安逸的环境背后总是酝酿着一股子诡异的气氛，我可不想这样手无缚鸡之力地等待灾难真的来的那一天，连还手的力气都没有。

我没有街边站着的妞儿好看，也没有富二代有钱，好像没有一切可以靠它过活的强力资本，所以只能这样一直不停歇地干活，以此来买个心安。穿梭在大城市的目的不是为了一套房子，不是为了一本户口，只是为了能让自己学点本事，这就是一个打工妹的终极理想。

我只想说，路是自己选的，每个人各取所需，也许可以换个思路：做人的底线不是要有钱，而是要活下去。让自己好好过日子是排解不安的唯一凭仗，宁愿没车没房，也不愿意把独在异乡的忐忑变成吹牛 × 的力量。外地一个人孤军奋斗不容易，比这更不容易的，是做个靠谱的好人。

| 去 你 的 成 长 |

写这篇文章的时候，我正在北京东城的一个旧房子里喝一瓶啤酒。周围是典型的北京四合院和胡同，散发着最后一点儿老北京的味道：每天早上会被周遭喧嚣的鸟鸣叫醒，晚上听着吃街边大排档喝大了回家的醉汉旁若无人的歌声入眠。小时候从来没想过我会来这个城市，就像现如今我依然不知道，我的未来又会被哪个城市收留。

你问我为什么来这个城市，我也不知道。我当年是因为一个男人跟我说，你来，我保证你能在这里活下去。这是我最后相信爱情里承诺的年纪，事实证明，后来我还是失败了。

我还是臭不要脸地在这个城市活了下来，用我自己的方式。用酒吧的喧嚣挥霍掉自己初来这个城市的惊恐，用一只大红色的唇膏来涂抹自己内心的无助，高跟鞋的声音能踩出那么一点儿力量来弥补虚弱，黑丝袜的颜色起码能遮盖一点儿自身的苍白。我记得那时候每天都在笑，但是我自己也说不清楚我到底在笑什么。到底是在乐生活还是在乐自个儿，还是干脆就是怕自己一不小心哭出来。

一个月前，一个同在北京工作的男同学约我见面吃饭。上学那会儿还觉得他清秀干净，蛮喜欢他。如今那种似有似无的爱意早已经被岁月折磨得一干二净，坦然地跟对方坐在一起见面倒也能细数一些这些年来摸爬滚打走过的唏嘘。傍晚刚到家，微信叮的一响，对方发来这么一条信息：我可能喜欢上了现在的你。自嘲地摇了摇头，回了个笑脸回去。那边接着又是一条消息：但是不行，我得控制自己不能爱上你，早些年我会马上开始追你，因为我以后得去跟我们领导的闺女谈恋爱，可能还得娶她。

我突然就想起来发小前几天跟我讲的事儿：他爸刚升到了某银行支行的行长，坐稳了位子马上就做了两件事儿。先是安排他去某银行做了个职员。第二是干脆拆了他和大学相处至今八年的女友，让他去娶某个官二代，只为保障他们全家的未来。几杯酒下肚，他跟我说："那女的他妈的长得好看或者性格差不多也说得过去啊！"他喝完杯子里的最后一口酒，猛地一拍桌子，声嘶力竭地冲着酒保喊："再来一杯！"我说你干吗啊吓了我一跳，他没回答我，只是趴在桌子上哭了，边哭边说我完了。我跟他从小一起长大，认识他二十七年，那是我第一次看见这货哭。

我开始怀念二十岁出头的恋爱，那时候我们毫无顾忌，我爱谁就跟谁在一起，天长地久或者喜结良缘距离我们还很远，我们才不为了那些遥不可及的东西浪费力气。他不爱我我就哭，分手的时候又决绝又像小孩子负气。如今我们不得不想那么多，我们甚至在想用一段姻缘来振兴整个家族。看上去滑稽至极，但这也就是我们尚能改变人生的最后的力气。

若干年之后再登录校内网，发现一切都已经不是原来的样子。当年那些分享一些无聊八卦或社会理论的帖子统统不见，更多的同学在秀自己的婚纱照，在秀自己的下一代，看起来颇有些感慨。当年大学时那些爱得死去活来的小情侣，每天笨拙地在QQ个人状态上写山盟海誓的小情侣，好像的确最终得到了幸福，你看他们在婚纱照里笑得多甜。可不知道为什么，看着他们管身边那个完全不认识的人叫老公老婆的感觉很奇怪，像是落入水中之后，一种迫不得已的上岸。没错儿，爱情中的救命稻草不是什么人后来爱上了你，谁和谁以后过上了幸福的生活，而是什么人在你对爱情就要绝望的时候大义凛然地娶了你。

我不知道是不是每个孩子都在十三岁至十五岁之间会觉得自己很成熟，总是拿一个标准的成人的视角来衡量自己，品析生活，审视世界。跨越2000年的时候，我十三岁，可是不知道从哪儿学来了成年人的孤独和落寞，旁人在为了新的世纪而狂欢或者纵情歌唱的时候，我正坐在自己的屋子里面前摊开一本习题册，耳机里却放着摇滚。那时候，没人知道谁是汪峰，我只知道一个叫作鲍家街43号的乐队，一首《再见20世纪》就能唱得我感慨流泪。回忆起来真是傻×，可是如今想起又格外怀念那种毫无负担的哀愁，有点少年不识愁滋味的意思。小时候我们常常蹙着眉头，假装很忧伤；这总好过现如今强掩心头疮疤，硬要人前强颜欢笑。现在倒是想知道，到底是哪个可怜，哪个贱？

我想快点到未来，我想知道三十几岁的时候再回头看看如今的自己，是不是又有几分滑稽可笑。熬到那天的时候，一切也就都淡了吧。不过看淡了也未必就是个好事，淡了，也许就是习惯了，麻木了，没有笑过没有哭过，那也许就不是我了吧。

有时候会想，那些迷信占卜算卦的人未必是想要改变未来，他们只是想要花上一笔钱来提前知道一点儿关于未来的讯息，而不至于等到明天真的扑面而来的时候措手不及。妈的，明天，你他妈倒是来啊，老子用青春的最后一口气跟你拼了。

写给 2013

2013 年是我人生的第二十七个年头，是我工作的第三个年头，是我用饭否的第六年，也是我用新浪微博的第四年。

更多人认识我就是从这个叫新浪微博的玩意儿。那时候，我是个 23 岁的姑娘，每天挥霍着好像永远用不完的青春，谈着不计后果的恋爱。赚了几千块就能乐得什么似的，觉得自己了不起。我有个毛病，经常回头想想自己一段时间之前做的事儿，都觉得弱智到不行，恨不得把自己从那年的经历中一把拖出来，胖揍一顿。

几年来，我在微博上说着半死不活的话，总有人相信。不过认真想一想，其实那些都不是我真正想说的话。真正想说的话大多埋在心里头，又有谁会主动说给别人听求共鸣呢？

我相信微博总有一天会死的，就像风靡一时的人人网或者开心网，人们就是用这么个东西打发无聊时光，或者干脆拿它来代替蹲在马桶上抱着的那本厚杂志。今天说这话就像好多年以前，一个闺蜜跟我感叹："你相信吗？用不了几年，人人网上面分享的全是育儿经验。"今天林林总总看下来，她确实一语成谶。终于有一天人们也会腻了微博，也会倦了所有的自说自话或者无病呻吟。微博说白了，它就是人的一个玩具，喧宾夺主的那一日，人依旧，但却是它的死期。

无数人问我为什么不干脆借微博养活自己，为什么不把自己捧得更红。原因很简单，面子或者钱对我来说，都没那么重要。我实在不愿意等自己耄耋之年到来的时候，孙辈问起我过去的职业，我颤巍巍地龇着已经漏风的牙，说：奶奶这辈子啊，就会写 140 个字儿。

过了二十五岁，时间就过得分外快。想想二十岁出头的时候，什么都不懂，总是把自己说成是二十二岁，这样显得成熟一点儿。那岁数上，恋爱或者失恋根本不算个事儿，跟谁睡一觉完全跟着感觉走，没有人会怪罪自己，也没有什么罪过。好像大把的时间就是用来挥霍的。等二十五岁一过，一年一年根本不等人，年纪四舍五入一算，也快到三十了，开始着急让自己过上稳当日子，痛改前非，当你真正想这么做的时候，又总是出差池，我气过这事儿，不过后来一想，没什么可气的，这就是年轻时候挥霍太多的报应。

2009 年，我大学毕业；2010 年，是我第二个本命年；2011 年，我生了场病；2012 年，传说中的世界末日；2013 年，好像没有任何特殊的标志，竟然没有期盼，只想这么安安静静地生活。

2012，我以为我会死翘翘，从此跟所有爱的或者恨的一了百了。但现实玩儿了我们所有的人，我们还要跟眼前这一切继续耗着。明年，2013，一个看上去数字组合没有一点儿美感的年份，我不知道等待我的又是什么，我，或者所有人，能做的只是在命运面前束手就擒。

| 性 知 识 |

我念高中的时候，距离现在大概有十年。那时候早恋当然是常见的事儿，但基本上还是纯精神恋爱，偶有一两个有点超前意识的人都被同学们当成了不得的事情追在后面戳脊梁骨。那时候的性知识都来自于无师自通和江湖传说。那时候，同学中间流行一个说法，大意是：女生走路的时候若是两腿中间有缝隙，那么这姑娘就不是处女。于是经常有一群女生凑在一个姑娘的背后指指点点，男生在看这个姑娘的时候眼神和笑容中也就多了一点儿复杂的成分。

后来这种说法不攻自破，大概是因为大家知道了处女膜到底是个什么玩意儿。它并不是一条肉，不是破了之后两腿间就会自动少了一条再也长不回来的肉。只可惜知道这事儿的时候，我们已经高中毕业，上了大学，不过又有新的两性伪科学在等着我们。

就像有无数人相信屁股大的女人能生男孩儿一样，也有无数刚接触到性实践的年轻人相信安全期避孕。于是就有无数悲剧上演，尤其在我当时的那个师范类的大学，尤其是在那个男女生比例 1∶10 的中文系，多少个姑娘因为信任安全期可以自动避孕，或是什么体外射精不会怀孕不幸中招，又不敢告诉家里，多是室友跟着去做人流，不敢找大医院，也不敢多住院。仗着年轻，仗着身体好，当年还没听说过什么事故。直到今天，依然有很多小女孩儿在微博私信里问我：怀孕了，流掉了，是不是以后再也生不出来了？实际上，这是一种扯淡，中国人把性看得太恶俗，好像说这事儿就全家不光彩。说得还一脸正义，就好像谁不是通过性关系出生，个个是买 200 返 50 赠送的一样。

接下来，咱们再说说黑木耳这事儿。大约几年之前，不知道是谁在网络上发明了这个词，大概是用来形容一个姑娘御男无数的最好证据，认为经历的性关系次数越多，敏感器官就会变黑，从上到下都是这个判断标准。这种说法也毫无科学依据，某个部分变黑的形成原因确实与性有关，但也仅仅是因为高潮，高潮时，女性下体充血，如此若干次，充血有累积，形成所谓的黑木耳。据说现在整容医院的一项服务项目就是漂白，不知道一次漂白项目能不能买来一个男人的占有欲。

在做两性编辑的几年里，我接触了不少性关系惹来的爱恨情仇。有姑娘来问，自己跟男朋友相处了四年，之前一直都很正常，最近两年他一次都没碰过我，他是不是外面有别的女人了。我能回答她什么，应该回答她什么，我咬着恨得痒痒的牙根儿，只回了一句：你猜呢？还有姑娘问我，自己怀孕了，不知道孩子爸爸是谁。诸如此类，不胜枚举。

一个月之前，一个女孩儿来私信，大意是说，她之前曾经跟一个男人在一起七年，但最终分手，期间为这个男人若干次堕胎，如今她结婚了，丈夫准备要孩子，她担心检查身体时，精心隐瞒的一切过去都会不幸穿帮，来问我该怎么办。其实，只要你不主动交代，医学是没法看出之前有堕胎史的，堕胎只会让女人的子宫内壁变薄，生育的危险加大而已。你可以不跟医生说一切过去的事情，只要你不怕影响自己的安全，不怕影响自己的下一代，没有人会为难你，除非你自己。

讲了这么多故事，不是为了告诉姑娘小伙子们，性其实没传说中的那么肮脏，没传说中的那么神秘，我只是想说，没有更多人会主动跟你说起这些问题的时候，你别怕，这世界不会那么坏，起码它不至于活生生地看着你死。

| 那 一 抹 大 红 色 |

红色一直以来都是中国人最喜欢的颜色，无论老幼，无论南北，无论男女，千百年来一直如此，其实细细想来，原本是有它的原因的。

自古以来，红色就是洞房花烛夜的主打颜色，目的很简单，吉祥、喜气，又有点古典和热情。即便是洞房里，红色也是绝对主打，新娘那个绣着牡丹的大红肚兜，或是红色绸缎被子上面那一对戏水鸳鸯，都是为了能给新人的第一夜平添情趣。

不单是这个，我曾经在做两性编辑的时候采访过不少内衣经销商，他们曾经在若干年如一日的工作中目睹过不少陪着女人来买内衣的男人，他们这样告诉我：男人对款式、花色都不在意，若是让他们选，大多数会直接选择一款大红色给伴侣，像是本能。一年前，我开始做一本关于情趣用品的主题书目《性福圣经·玩具大亨》，当中有一节专门讲到情趣内衣，大多数男人并没有太多情调，他们不会认为黑色神秘，不会认为白色纯情，他们只会把性理解成最简单的本能，最基本的冲动，红色就是这样一个能进一步激发他们简单粗暴欲望的催化剂。

举这样的例子实在是太过直接，但男人恰恰就是这么一种物种，你精心勾画眉眼只为能吸引他的全部眼神，都比不上他偶然一瞥看见街边弯腰女孩儿露出那半截丁字裤更让他销魂。

不单是性问题上，即便是最简单的生活中，红色其实也是个神奇的调料。我们经常在 Sephora 或 ZARA 店中看到穿着简单的女店员却统一画个大红唇，就是这样一个装束好像能和随便一件衣服搭配得相得益彰，也让她们显得更加神清气爽。有店员告诉过我：她们未必每天上班的时候都会化妆，但每天都要涂个大红色的唇膏。她们未必每个人都有年终奖金或者是特别勋章，但每个人进入公司得到的第一件物品就是一支大红色唇膏，就这么简单。

如果仍然不能理解为什么男人对红色有特别的偏爱，你尽可以想想，为什么在各个场所，男人总是觉得脸颊或是脖子上染上一抹红唇印记是个性感标志，这也是最好的佐证。总而言之一句话：如果你想让一个男人爱上你，我们未必能了解他的性格他的爱好，但如果你能学会给自己选择一件红色装饰，在卧室中给自己选择一个红色行头，它们都会助你一臂之力。

| 分 手 不 分 床 |

在现在这种离婚都像家常便饭的年代，情侣之间分个手好像实在没有什么好稀奇的。奇葩的事情听多了，其实倒算是给自己的内心加强点心理建设。大多数人想到分手两个字的时候，想到最多的是要死要活和哭爹喊娘的悲凉画面，倒是也有一些关于什么和平分手的说法，不过天知道，这一切都是扯淡。

前几天一个姐妹儿给我讲了这么一个事儿，大意是：她跟男朋友相处两年，因为家里人的反对，被迫分了手，她也收拾东西搬离了她前任家，不过两个人都有点旧情难了的意思，有时候还会打个电话或者在微信里面叙叙旧。终于有一天，俩人约会见面，相互谈起过去的遭遇，两个人感慨万千，酒过三巡之后就是抱头痛哭，再然后是旧情复燃，干脆在月黑风高的晚上再次交缠到一起，这样的事情后来又发生了若干次。她这位前任暂时也无心找新女友，我的这位闺蜜也不想再找个新感情。用她自己的话说：“让一个不饿的人找粮食根本就是不可能的事儿。”只是有时候这位姑娘会把自己搞得异常拧巴，在闺蜜聚餐的时候会冲着一桌子的姑娘们发问："你说，我们这算是炮友关系吗？"

发生这种事情其实并不奇怪。你爱他，他也爱你的恋爱结果未必就是天长地久，外力是一种强大到没有办法阻挡的力量，你能做的只有任它摆布。现在这个社会，分手的情侣未必因为自身的性格不合或者是出了什么原则问题。有无数人的分手决定是别人帮自己做的，而自己又挣扎不得。这样的时候，内心的不服，感情的撕裂，未来的恐惧统统结合到了一起，当两个曾经爱得天荒地老的人再次相聚的时候，旧情复燃上个床也算是两个人对这个世界的最后一点儿反抗，这种事儿听上去倒不算狗血，甚至多了点悲天悯人的意思在里头。

当然，也许这个世界对人们是善意的。两个人就是因为性格不合或者是什么大的原则问题彻底分道扬镳。性格上完全不同，但肉体上却总是分不开。这样的时候，分手不分床也不是个特别罕见的事儿。还是要举个身边的例子：一个姐妹儿跟男朋友分手了，之前我们只知道两个人生活在一起总是吵架，而且她的男朋友实在是个花花公子，应该没有什么女人会对这样的男人有足够的容忍度。分手之后，我们时常看到俩人还是在一起，于是顺便就问她是不是没彻底分手或者旧情复燃什么的，哪知道我们这位小伙伴杏眼一瞪："跟人渣还有什么旧情复燃的可能啊？我跟他除了床上最合拍，其他的时候没有一处合适的！"一句话惹得众人皆惊，大家好像都明白了什么似的，低下头，继续忙活自己的事儿去了。

旧情复燃不同于一夜情，前者算是前段爱情的衍生品。确实有因为分手，两个人再次相见，发现对方已经在时间的历练下变成了自己完全中意的类型，这样的时候两个人心猿意马也不是什么罕见的事儿。

现在这个时代什么都可以包容。没有什么人说过，俩人分手了就应该老死不相往来，在分手之后把对方视为备胎的大有人在。自然也没有法律，要求已经分手但两个人却仍然没有新恋情的情侣重新爬上一张床就要被双双问斩。一切顺其自然，觉得该是自己做的就去做，别给自己留下什么遗憾。当然，一切最好想好了再去做，省得给自己留下第二次恶心。

| 完 了 |

Rita 觉得，她和那谁完了。

那谁其实也没有招惹过 Rita，两个人也不吵架也不闹。她只是日渐觉出这段婚姻的淡漠。她太害怕了，但是她不说。她只是开始每天睡觉前和醒来后都会像开玩笑似的问那谁一句："你还爱不爱我？"那谁说："爱。"于是 Rita 就告诉自己：你看，是你自己想多了。然后就心满意足地转到另外一边裹着被子睡了。

起先也不是这样，她在最初搬到那谁家的时候，还是长舒了一口气的，还在想：妈的，老娘兜兜转转地走了这么一遭又一遭，终于现在有个能落脚的自己的家了。那谁家装修的时候她忙活得像是一条狗，瞻前顾后，大冬天依然累得一身臭汗。特别仗义地银行卡一挥，就把家电统统一股脑儿都添置回来。Rita 也开始特别奋力地工作，她想，要赚更多的钱才能迎接即将到来的美好生活。

还在恋爱那会儿，两个人是天南海北地转，坐着飞机飞遍了海角天边，半夜三更坐在路边吃烧烤喝着酒。她曾经认为幸福就是这么回事儿，即便是为此付出了胖出二十斤的代价也在所不惜。她不问那谁每天的去向，她也不问那谁过去的情史，她不理会那谁之前的花边新闻，她固执地做这一切，只是因为她觉得这是爱情里的一种信任和尊重。

后来，她渐渐觉出了不寻常。他们之间越来越远，甚至没有了性生活。第一个月的时候，她想，这是他累了。第二个月的时候，她想，他可能进入了感情疲惫期，让他缓缓。第三个月，她想，完了，他可能是生病了，可是他勃起状况没问题啊。再后来，她已经再不考虑这样的问题。那谁每天都声称他要去上班了，就不见了踪影，却从来没带回来过一分钱或者是一份聘任合同，Rita 放在钱包和银行卡里的钱却开始莫名其妙地消失，五百块，两千四，后来是一万块，几万块。直到有一天她下楼去买杂志，报刊亭的大爷随口说了一句："你老公让我帮他准备 700 块的手机充值卡，他也没来取。是要还是不要了？"Rita 笑着的表情突然僵住了，她好像突然如梦方醒，不，应该说是五雷轰顶。

男人不爱女人的时候，那个女人是能明明白白地看出来的。男人的眼睛和说话中缺少了一种叫作爱的元素在里头，就像是用白水煮的一锅菜，也能吃，但谁都知道没加佐料，食之难以下咽。Rita 甚至一度开始迷茫，那谁好像从没有爱过她：他从来没有愿意为她付出，只要她说出一句，他不管艰难险阻马上办到的事儿。Rita 并不物质，她不想要钱买来的爱情，但她已经傻 × 到用物质和态度来衡量一个男人的爱情，这是一种无奈。

那段时间，Rita的生活空前错乱。一直待她很好的老板来找她，问她，工作这么多年，接下来打算怎么办，想没想过换个位置什么的。Rita呆呆地坐在老板面前，她不知道说什么，只感觉后背森森地开始冒出了凉风。她突然间觉得面前所有的物件都蒙上了一层浓重的水雾，包括那个当初一步一步带她入这行的男人。她听不清楚耳边老板的声音，她只听见心里一个歇斯底里的声音在喊：你们别不要我，你们不知道你们对我来说到底有多重要，我错在哪儿你们告诉我，我改，但你们不能就这么不要我了。起码，你们不能一起都不要我。

但谈话最后，她依然面无表情地站起来，直勾勾地对着面前那个男人说：好，我考虑。

Rita像是一尊雕塑一样面无表情地回了家，开门，扔下包，整个人瘫软得像维多利亚港的那只被展览到泄气的小黄鸭。她觉得自己随时随地都能哭出来，她终于失去了那些她自以为永远不会失去的东西。她没法说服自己，说这是命运为了让自己成长得更茁壮，特地做的善意的安排。她不能跟她父母哭，她不能。她这样一个报喜不报忧的家伙，能做的只是拼命地把攒下的钱存进一张信用卡给自己的父母。她还不能带给父母任何一种担忧，尤其在她还不能给父母买得起一套房子的之前。

Rita成功了，她没有哭，但她知道了有一种情绪比哭出来更难受。晚上睡觉之前，她还是按照往常一样问正在举着IPad打游戏的那谁：你还爱我吗？那谁的回答依然不假思索：爱。Rita依旧裹起被子，转过身去，她突然脱口而出：咱们离婚吧。她能明显感觉身后床那边的那谁愣了一下，手中的游戏还是发出叽叽喳喳的声音，然后，她听到那谁的回答：好，我考虑。

| 往 事 不 要 再 提 |

表哥最近结婚，新娘是我们大院里我当年的玩伴。这位表哥之前有过几次离婚史，光是他的结婚礼金我就已经送出去厚厚一叠。如今又是一次，于是给他致了一电，恭贺新婚的同时也跟他道了个歉，工作原因，没法回家去参加他的婚礼。在 QQ 上跟新娘聊了半天，算是道喜，姑娘言语中都是幸福。我心里却不是个滋味儿。

电话里，表哥大致告诉了我俩人的发展状况：女孩儿二十八了，年纪不老小，之前经历过一场好几年的感情，和前任相处得不错，但人家就是不说娶她，索性分手了。女孩儿跟他之前就认识，某次跟他一起吃饭的时候俩人互诉衷肠，聊得投机，于是相互也就看对了眼，好在也算从小一起长大，知根知底，这样一来二去竟然定了终身。他还没告诉那女孩儿自己之前的几次婚史，我说这不成，你得实话实说，表哥在电话那边叹了口气："不是我不想说，我是觉得没必要说，过去了就过去了，说多了闹心。不过她好像知道我前一个的手机号码，那天还问我来着，吓了我一跳。你们女人都爱研究这事儿吗？"

好像所有女人都有个看家的本事，那就是窥探。新结交了一个男朋友，俩人确定关系没多久，对方也没跟她提及过什么过去的情史，仅凭她自己的能力，她就有本事把这男人过去经历过几场爱情，暗恋过哪个姑娘，甚至能把他前任的微博都调出来从头看到尾。你说这么干是因为女人不信任？是因为女人的妒忌？实际上未必，女人只是有猎奇心罢了，她不妒忌自己男人之前经历的女人们，她也并非不自信，只不过女人天生爱听故事，爱听感情上的故事，尤其爱听自己男人过去感情上的故事。男人呢？大多数不爱提过去，动不动张嘴闭嘴前任，倒惹得现在这位好大不乐意，于是女人自己钻研的本事便被开发出来，一个女人，有时候能顶上俩警察。

男人不喜欢女人这么干，他们觉得麻烦，觉得这算是女人的节外生枝。男人的想法简单，他们生怕给自己惹麻烦，也不乐意被束缚，因为过去的事儿反复被现任审问。实际上，女人对前任的窥探其实完全是一种心酸，她们想知道的事儿很简单：一、她是不是各方面条件比自己好；二、她和自己男朋友现在还有没有藕断丝连；三、男朋友对她是不是比自己好；四、看看她和他过去的故事，免得自己再走过去的老路。

所以说，女人对男人过去故事的挖掘其实无关妒忌，无非是因为好奇。我相信每个男人心中都有一个自己最爱却最终没有得到的女人，后来人没有人能够撼动这个人的位置。聪明的女人不会搭理这些，不问也不吵，由得他去：他即便是再爱这个女人，现在不也是乖乖在自己手心里吗？有为了这事儿争执不休的时间，莫不如牢牢地把这个男人攥在自己手心里让他跑不了更实际。纠结过去的事只会让自己的心情一落千丈，再看自己男友也格外不顺眼，觉得好像自己受了多大委屈似的，拜托，没人给你委屈受，但你也不能放着好日子不过，没事儿跟陈年往事较劲，对吧？

早上打开电脑，新表嫂的信息突然跳跃出来："今天我俩领证了，我是把他当第一个也是最后一个丈夫看了，豁出去了。"我的心里突然一动，也许这女孩儿对于我哥过去的历史压根儿什么都清楚，但只是相信他以后会更好罢了，这样的女孩儿要是不幸福，天理难容。

好人卡是因为不爱

前段时间见到一个1977年生的哥们儿，跟他认识也有两三年了，只知道他是某外企的一个主管，条件也不赖，但始终是自己过日子，也不着急找女朋友，反而每天有酒有肉过得自得其乐。我一度怀疑他是不是Gay，谁知，问起别人的时候，别人却给我讲起这样一个事儿。

这个哥们儿多年来一直暗恋之前的一个女性朋友。俩人在一个偶然的机会结识，他对她一见钟情，始终不能忘怀。我见过那女孩儿一次，她算是那种典型女神范儿的姑娘，爱穿裙子，长得唇红齿白，举止落落大方。我这位魂不守舍的哥们儿从此对女孩儿展开了一系列的追求，但女孩儿始终不温不火，好像并不感动，哥们儿几个月努力下来，并未抱得美人归，女孩儿看出了他的良苦用心，又不好当面拒绝，于是托人给这哥们儿带个话，大概的意思是说：你条件不错，对我也挺有心的，我知道你是个好人，我们也会是非常好的朋友，但是要是说想发展成恋爱关系什么的，可能你还不是很适合。

按理来说，这算是一个标准的委婉拒绝，换作旁的男人，可能知道自己努力到了，心思也都用了，人家拒绝了咱，咱也不能光在这一棵树上吊死。但这生性乐观的哥们儿不这么想，他脑袋一拍，愣是从这么一套话里听出了转机。他觉得这话里话外说的意思，却是她感受到了他的爱，而且觉得他是个好人，也可以继续交朋友，这就不错。于是哥们儿继续他的追求，直到女方交到了男朋友，他也依然奋斗不已，理由是：我就默默地关心她，也没打扰到她的生活。再说，她不是还没结婚呢嘛！听完他这通话，大家都崩溃了。

实际上，基本没有女人会明确地拒绝一个爱自己的男人，她们总是会觉得，被爱是一件幸福而且让自己有面子的事儿，即便是不想跟对方进一步发展，也不会直接脱口而出地说：没戏，你走吧。而是会用她们特有的方式来婉转拒绝，当中最经典的一个说法就是："我知道，你是个好人。"

好人不是她爱你的理由，天下好人多了去了，但她绝对没可能个个都爱。换个角度去想，两个好人在一起也未必就是完美组合，爱情这东西讲究的东西太多，天时地利人和，王八和绿豆，必须要看对眼儿了才成。

一个能发给你好人卡的人，终究还是因为他对你不够爱。如果你觉得这个说法偏激，不妨换个角度想想：如果是你，你遇到心爱的人的表白，你有时间去跟人家说"你是个好人，但我们不适合在一起"吗？正常人的第一反应肯定是忙不迭地点头答应说"好啊好啊我们就在一起吧"，更多人是在用这样一张好人卡当作创可贴，避免对方太过心酸，断了他的心思，同时也不至于彻底毁了两个人的关系，也为以后的友情留下一条后路。

所以，在跟人家表白之后得到了一句“你是个好人”答复的男男女女们，切勿沾沾自喜，如果你实在是个乐观主义者，那就把这句话当成新一阶段奋斗的冲锋号角吧，继续寻找那个最合适你的人，何必为此百转千回，非要在死路里寻找一线生机。爱情当然会让人蒙蔽了双眼，这个我也承认，爱情也可能会让人大脑或者海绵体充血，但爱情肯定不会让人变得大脑迟钝，对吧？

绿茶女孩

米其是个婊子，但你根本看不出来。

她从不穿着风骚招摇过市，她甚至从不穿高跟鞋，不爱笑，走路屁股也不一扭一扭，大多数的时候，她是素颜的，不会化妆也很少化妆。如果走在街上，你会觉得这就是个简单清爽的年轻姑娘。

米其有喜欢的人，很喜欢很喜欢，可是她不敢说。她不敢说的结果就是默默地在那个男人身边若干年，并眼睁睁地看着他跟别人走了，她却没有任何办法留下他，她连哭一场的机会都没有，那是米其最用力气的一次爱情。

之后米其陆续谈了几次恋爱，都是毫无滋味。收到男人的礼物或者表白的时候，米其也不主动拒绝，只是觉得这个男人她不是太讨厌，就统统点头答应。然后被男人牵着手，搂着腰，招摇过市。觉得不对了就分开，路艾就是她这类男友中的一个。

路艾是个有点腼腆的人，大概他最大的勇气就是当时跟米其说了句我喜欢你。当时米其正在喝一瓶红酒，然后醉眼蒙眬地凑上去啄了一下路艾的唇，这就是他们爱情的开始。后来米其发现，路艾像个青涩的小男孩儿，唯一的爱好是踢足球，每周末一次，米其会去体育场奉陪，就是在这种情况下，米其认识了于飞。

于飞是路艾最好的兄弟，三个人经常像孩子一样一起度过一个又一个周末。一起躺在沙发上打电动，也会偶尔一起在家轮流煮面。米其这么干是因为她宅到懒得出门，而路艾却说这样的生活就是他的全部：爱情和友情都有，这就算完整。

路艾出差的晚上，已经睡着的米其接到了于飞的电话，他的声音很疲惫，好像是喝多了，吞吞吐吐地说了他生意赔本的事情，电话这边的米其不知道说什么好，只能一直默默地听着。于飞没说几句就没了声响，然后米其听到，家里的门铃响了起来。

于飞的身体和路艾不同，路艾是醇厚和柔软的，而于飞像是个暴戾的野兽，只会横冲直撞。整个过程中，米其没有发出一点儿声音，耳边只有床板的吱吱呀呀和于飞密集的呻吟和喘息。濒临高潮的一刹那，她用尽了全身的力气飞快地推开了他。米其庆幸她没有开灯，她想，如果能看到，那夜的场面应该很滑稽。

路艾得知这件事是在 4 个月后，他在米其的手机里看到了过于密集的通话记录。米其记得，那是她第一次见到路艾喊，可是到最后路艾也没有打她，他只是在最剑拔弩张的时候突然蹲下来哭出声。第二天，米其醒来的时候，路艾已经走了，不知道他在哪儿，同时消失的，还有于飞。

此后，米其度过了相当长的一段单身期，偶尔酗酒，把自己喝个烂醉，上班迟到也成了家常便饭，直到有一次她干脆睡过了开会时间，这终于激怒了朱娜。

朱娜是米其的主管经理，三十四岁，处女座，已婚六年，丈夫Tom有外国血统，五十二岁，是个留学归来的外科医生，两个人始终没要孩子。朱娜经济学硕士出身，是个对规章制度格外在意的人，米其一而再再而三地违反规定让她格外恼火，终于，她在某次例会上当众宣布：开除米其。

当朱娜的女低音响亮地爆炸在整个会议室的时候，米其感到无数双眼睛射向自己，有冷漠，有嘲讽，有得意，有怜惜，米其并不说话，也不分辩，她继续低着头玩着手机。会议结束的第一时间，她便收拾了桌子，离开了这家公司。

米其不恨朱娜，恨是一件需要付出太多真感情的事儿，这一点米其实在不擅长。反驳或者争执太劳神，她身体力行的只有报复。于是她回了家，放下抱在手里的纸箱，一个人静静地坐了五分钟，就有了个简单粗暴的解决方案。

她搞到了朱娜老公的手机号码，然后若无其事地加好了微信，再然后是偶尔一句闲聊，等到Tom回复的时候，米其又干脆关了手机不回答，也不作声。她制造了一个和Tom巧遇的机会，那是一次舞会，米其给自己特意穿了一双荧光色的高跟鞋和一条黑色的贴身短裤，她远远地看着他，当她看到Tom对她微微一举杯的时候，米其的嘴角浮起一丝微笑。

Tom的家里弥漫着朱娜的气息，这种香水米其闻了五年，早已经太过熟悉。那是一张圆床，床单上是一大朵一大朵的艳丽牡丹。Tom微胖的肚子在米其身上起起伏伏的时候，米其死尸一样，平躺在那里，盯着天花板不放，像是在参加某种仪式。直到那个男人拼命地耸动了几下，然后突然瘫倒在她身上的时候，米其才如释重负。事后靠在床头上抽烟的Tom表情好像如释重负，他说，在事后才看到米其的笑，这是他第一次看到米其笑。

她平静地在收信人地址上写了朱娜的办公室，备注是：当面验货。当一只装有Tom体液的容器和一张光盘在办公室里被公开打开的时候，她收获了比想象中更剧烈的结果，在众人诧异的目光和纷纷的议论中，米其长舒了一口气，她达到了自己的目的，成功地杀死了这场婚姻，又自以为兵不血刃。

米其发现自己怀孕是在两个月之后，医生说，她身体弱，又太瘦，想要保住这一胎必须足够小心。米其拨通了Tom的手机，电话那边的声音不出所料地充满愤怒。米其并不解释，她只对着话筒说了一句话："我知道你五十二岁了，你想过，这是你今生唯一一个孩子吗？"然后就挂掉了电话。

收到一大笔钱的那天，米其也接到了Tom的电话，他说钱这样分配，五十万是给孩子的，一百块就当是他嫖了婊子。

米其突然觉得自己中了一枪：她以为一直以来，她是在报复，实际上，她用的武器是自己。

九个月后，米其死于难产，孩子顺利出生，八斤六两，男孩儿。

| 青 春 爱 人 事 件 |

1999 年的那个春天，我初一下学期刚开学不到一个月，学校里发生了这么一件大事儿：某天放学后，我同年级的一个女生殉情了。

当时，一部叫《古惑仔》的电影彻底唤醒了我们这些正在青春叛逆期的少年体内的荷尔蒙。受到它的影响，我每天喜欢和一群穿着喇叭裤和紧身衣的女生凑在一起在校园里晃荡，看谁不顺眼就过去扇个耳光。好在她们没有因为我当时还算是老师眼里的好学生就不带我一起玩儿。因此，我是认识殉情那个女生的：她当时是我们一群小太妹中为首的那一个，这会儿就简称她为 Y 吧，现在回想，Y 应该算个标准的白富美，家境优越，那会儿就开始早恋，男朋友 G 是那帮男生小混混中为首的那个，不算英俊，且父母离异，由奶奶养大，Y 姑娘好像并不嫌弃男朋友的情况，嘴上不饶人，动不动就跟人家吵个不停，但恨不得把整个心掏出来都放在男友身上。我得知 Y 死掉的时间大概是第二天上学，我要好的一个同班闺蜜也是 Y 的闺蜜，她目睹了整个过程，然后第二天把我拉到一边，讲给了我。

这样一条年轻生命逝去的理由说来可笑，无非是她听说自己的男朋友背着她又有了一个新相好，而且经常在放学之后私下约会。当天放学，G照例又借口回家陪奶奶，没有跟Y约会。Y这回较真儿了，她等在G的奶奶家楼下，发现他压根儿没回家，一气之下直接站在八楼的天台上给G打了电话，说，你他妈竟然骗我，你现在在哪儿？我他妈知道你现在跟谁在一起呢，你赶紧给我回你家，你要是不回来你就永远也见不到我了，别后悔。说完，不等人回答，就直接关上了电话。当G火急火燎地从外面打车回来赶到自家楼下的时候，Y姑娘纵身一跃，就落在他的面前，血溅当场。G抱着女朋友冲向医院，医生做最后的抢救时，Y用最后一点儿力气拔掉针头，以求速死，当Y的父母赶到医院时，女儿已经殒命当场。

就是这样一个悲怆的故事，很快在校园里传成了若干个版本，有说是Y的父母不同意女儿早恋最终导致了这场惨剧；也有说是Y为了得到G的心才出此下策，甚至还有版本说意外怀孕被迫堕胎，所以以死相争。总之，这些流言丝毫没有因为斯人已去有任何留情，很快，G先退学后转学，后来去向不明。校园里的风波也渐渐平息，只是后来有人再讲起这些事情的时候，表情里没有任何同情或是惋惜，我却分明看到的是一丝怪异的神情，我当时并不知道这到底是什么态度，只是觉得有点奇怪，后来回想起来，才解读出那些年纪尚轻的少年虽然不谙世事，却在面对这一场惨烈事件时，有的只是戏谑或是嘲讽。

殉情终归不是一件聪明的事，不值得提倡，有事儿说事儿，用了断自己的办法来示威未免有些代价太重。但，若是死者在天有灵，得知身后竟留下如此这般的说法，得知后人说起自己竟然是如此这般的鄙视态度。若是以Y当年的刚烈脾气，必定是要大吵大闹或者当场掌掴造谣者的。

我并非多高尚，再高尚的人在尚在读初中的时候，也很难有个冷静的态度。我只是想，当时我们只有十三岁，十三岁的年纪看待人情冷暖就是如此这般的态度，成人呢？成人在面对这样的事情的时候，到底会是怎样一副面孔？

这世界上没有比死更悲情的事情了，唯愿当年的那些笑看死者的同窗，今日能在面对世事纷扰时，少几分讥讽，多一点儿敦厚。最后，谨以此文，送给上周末在西单一层纵身一跃的那位逝者，唯愿一路走好。

| 女人都弱智 |

是的，大多数女人都很笨。

她们会拼了小命来追求幸福，耗尽青春只为能拥有幸福，可是幸福真的在她们身边的时候，她们却浑然不觉，甚至消耗掉了这些让她们梦寐以求的幸福。

女人能结交好男人的岁数，大多是在二十岁出头。那时候，得到一个男人的爱并不难，你很可能是一个男人的初恋，是他生活的全部意义，他有大把的时间来陪你伴你照顾你。他受到的诱惑也少，没有那么多的纸醉金迷围绕在他周围，你又年轻漂亮，像个小兔子一样充满活力。这样的时候，你没有竞争者，他没有二心，想要成为他的全部其实很容易。但往往这样的时候，你不会爱上这样的男人，你会觉得他笨、幼稚，甚至嫌弃他没有追求，抱怨他没钱，怪罪他每天只知道围着你转能有什么出息。你嫌他弃他，想找到一个事业有成的、家境殷实的男人，你认定，这样的男人才能给你幸福。

青春是一个女人最宝贵的本钱。凭借还年轻的脸蛋和身材，你很快就能找到你想要的那种男人。他谈吐儒雅，他看你的时候满眼温柔，他说他能给你幸福，你也认定这个人就是你的归宿，可是他从来不像过去那个傻小子一样，动不动就说要娶你。他从不给你海誓山盟，也不轻易说出结婚的诺言；他不像你那个青涩的前任一样，把所有钱都放在你的身上任你支配，他只会在你需要的时候掏出厚厚一沓钱来任你挥霍，但你却从不知道他到底有多少钱；他永远觉得你还是个小孩子，对你的要求只是一笑，却不放在心上，觉得像是小孩子胡闹。于是你衣食无忧，于是你穿金戴银，于是你和他出双入对，于是他和你夜夜笙歌，你不知道这是不是你要的幸福，你不知道这是不是你追求的全部。他给你撑起了不少的面子，他引来那么多人羡慕你，可是你自己心里头却总是觉得怪怪的，隐隐约约觉得他好像总有什么事情瞒着你。

直到有一天，一个中年女人愤怒地打电话给你，你才知道所有问题的答案。为什么他从不给你承诺，为什么他从来不带你住在他家，为什么每次谈及婚嫁他总是闪烁其词，为什么他给你最多的只有钱。你突然明白了，你把所有问题都想通了，你突然觉得幸福像是个泡沫，碎的刹那声音太轻，粉身碎骨之后连残骸都找不到。在若干个午夜梦回，你突然从眼泪中惊醒，想起了那个曾经在青春时光中爱护你呵护你陪伴你的男孩儿，你想起了那个愿意为给你买一条漂亮的裙子自己吃上一个月泡面的笨蛋，你想起了他在每夜睡前给你的吻，你也想起了他对你说的“嫁给我，老婆”。你突然明白自己浸泡在幸福中的时光，可那是曾经，你想念那段难忘的幸福，可如何能够回得去？

幸福太微小，并不厚重，于是很容易被人忽视，太轻易就会走失。女人的幸福感其实就是那些看似单薄的细节，如果有一个人不计代价，心甘情愿地花尽所有力气去爱你，那么这就是你的幸福。你当然可以决绝地不爱他，但是请不要像个傻瓜一样，白白浪费掉你的幸福。

| 爱要坦荡荡 |

最近总收到类似这样的私信："我以前跟别的男人有过关系，但我男朋友有点处女情结，我应不应该把这事儿告诉他？"又或者是："我以前有过堕胎史，现在的男朋友最近提出要跟我结婚，我不想隐瞒他，但是又怕说了老实话他又跑了，我到底该怎么办？"

原谅我这种腹黑女会换个角度想，从来就没有过任何一个男的来问我：我曾经跟一百来个妞儿上过床，我该不该把这不堪的过去告诉我的新女友？更没有男人问过我，我曾经让别的妞儿打过胎，我该在求婚之前把这些跟我未婚妻说吗？不是没有男人干过这些，只是因为想太多的总是女人。

过去的就是过去了，无论你在过去的几年到底经历过怎样错综复杂、令人唏嘘的情感，你现在都还是茕茕孑立形影相吊的一个人。换句话说，无论上一场恋爱里，你到底是辜负了对方的一颗赤胆忠心，还是你与一个百年不遇的败类人渣狭路相逢，你现在都还是单身。这样的时候，认真去找一个合适自己的，能让自己觉得日子往好了过的比啥都强。咱错了第一回再不错第二回，想那么多过去的事儿有啥用？你身上的岁月的足迹尚未抹去，你心理上的烙印亘古难消。你自己都还没从过去那些事儿里彻底走出来，你又怎么要求对方不在意你的过去？被人看得起的基本条件是要先看得起自己。

是，我不建议女方在结婚之前心里哆哆嗦嗦地跟男朋友讲过去的事，因为说了也没意义。不管你过去经历过啥，只要你现阶段跟这个男朋友真心相处，或者说在你跟现任确定关系之后，你没做过任何对不起他，对不起你俩关系的事儿，那你就是个好姑娘。你过去的事儿跟他无关，他知道与不知道意义不大，所以你没必要因为这么个情况每天心里犯合计，总觉得有愧于人家，实际上，人家也说不定有过什么样的过去，只不过不告诉你罢了。你每天想着自己过去曾经怎么怎么着过，见到现任总觉得心虚，这段感情里你就自然而然地处于下风，形式被动，甚至会因为你的这种前怕狼后怕虎彻底毁了这段爱情。

退一万步说，你觉得作为未来的配偶，人家有对你过去的知情权，你也想尽早把过去的事儿一吐为快，图个彻底的心里清静。这也未尝不可，但你要确定你到底该怎么说。你没有必要在那儿吞吞吐吐地说："我……我……曾经……因为……嘿咻的时候……没用……杜蕾斯……所以就……悲剧了……你……不会……因此……就……不要我吧？"拜托，就你这态度，没事儿都得让你说出事儿来。你过去是有过问题，但反过来讲，如果你上段感情要是没出问题，你也就到不了他手里。对吧？你过去是有过很多复杂的历史，但你现在决定彻底跟过去 say goodbye 决定好好跟他过日子了那你就是好样儿的，懂吗？

假如，我是说假如，因为你推心置腹地陈述过去，他就表情错愕，心里始终拧巴不安，到后来干脆支支吾吾地跟你说他接受不了你过去这些，咱们还是算了吧，那你也别伤心。没关系，你非强求一个小心眼的男人接受你的过去没用。他就是现在强颜欢笑地说没关系，或者在你抱着他大腿恳求了一万次之后终于说“原谅你了”也没用。他心里始终有个疙瘩，婚后日子长着呢，以后当你俩吵个小架冷个小战的时候，今天这点事儿都会成为导火索或者成为你被他指责的借口。他没从心底里认为这事儿无所谓，你逼他你求他全都没用，还是换个能全部接受你的人吧。还是那句话：不接受你过去的人，不配拥有你的未来。

没错儿，我支持爱要坦荡荡，但我说的坦荡荡是要爱就用尽全部力气，但也只局限在对待你们现在的这段感情里。不是因为爱一个人，你就必须要把所有的过去讲给他听。只要全心全意爱他就够了，至于你的过去，留一些秘密给自己，既然好不容易把不愉快的过去都经历过去了，又为啥要反复地记在心上，甚至还要装作真诚地讲给另外一个人让他一起不愉快呢？

| 哀大 |

Q很不高兴，这是外人所不能理解的，看上去，她工作稳定，人不难看，父母工作体面，自己还有个已经同居两年的男朋友。她似乎一切稳定，只等好上加好，但她自己不这么想。

Q的男友是她抢来的，她的男朋友L之前有一位女友，Q与L之前是同事，每天见面，日久生情，于是两个人干脆在一起。好像Q所有的锋芒利刃都用在了得到恋爱的过程中：努力得到L，努力让对方爱她，努力让自己更出众。然而，当她真和L住在一起之后，她好像没了力气，所有事情都不再计较，整个人也彻底软了下来。

L是个爱面子的人。有人说，过分自尊其实是由于心底里的不自信。也许这句话是对的。人前，L愿意显得自己把Q照顾得很好，俨然一个模范男朋友的样子。Q也曾经告诉自己，他挺好的。可渐渐地，Q感觉到了什么不对：L从不跟自己求婚，也从来不向Q表达他的爱。甚至连L的父母都向来不提这件事儿。不急婚嫁，这对于一个三十四岁的男人来说，实在有点蹊跷。

在L和家人的眼里，Q还是个孩子，做所有事情都是默默地，从来不会说不：让她周末在家擦玻璃，她说好；让她中午吃青菜，她说好；让她跟着家里人一起出去见亲戚，她说好……好像所有事情她都不会主动反驳，也不会主动提出什么要求。这样的女人对于男人而言再好不过，起码不麻烦，无须浪费口舌，也很好对付，更何况，Q是个做家务的好手，洗衣服做饭操持家务，一切有她，就都可以完成得井井有条。

实际上，Q的犟脾气上来了。她不知道对方到底是不是真的爱她，到底拿她当了个什么人，到底认为她是不是未来合适的婚配人选。她似乎能做的，只有等着，等着被选择，等着被认定，等着被娶进门。Q清楚地知道，也许这样的命运并怨不得别人，也许自己当年在认识L的时候，能够再张扬跋扈一点儿，能够凡事不以他先做考虑一点儿，如今也就不会是这般光景了。也许男人会觉得厉害的女人有些难缠，但不得不说的是：没有男人胆敢不拿这样的女人当回事儿。

Q在默默地做着最后的打算，她没有告诉任何人。她给自己心里的日历牌画了一个截止日期，她告诉自己：如果这天以前，L不能向自己求婚，如果L不能真的给自己一个名分，那自己就彻底离开他。她已经二十八岁了，她不愿意继续这样等掉自己最后的资本，她暗暗地下着决心，不断地赶走自己心底的动荡和不安，表面依然不动声色，她在心里呼喊：L，如果你爱我，都是真的，你要记得告诉我。她千次万次地呼唤着，她固执地相信，L是可以知道她的心里话的，她相信，爱人之间，是能够心有灵犀的。

当L出差回来的时候，他照例在门口叫了Q的名字，没人答应，推门进入卧室，一切整理得整整齐齐。不一样的，是Q不在，L突然嗅到了一丝不寻常。再看，整个衣柜里Q的衣服一件不剩，她拿走了自己的笔记本，甚至带走了两年前，Q搬进来时种的那盆百合花。

“既然你不想跟我结婚，我还是走吧。”L突然号啕大哭，他明白了，这是这个女孩儿最后的力量。

是的，也许爱人之间确实心有灵犀，但前提是对方真的爱你才行。婚姻之所以能成立，爱人之所以难寻，考验的概率就是那个彼此独一无二以及无可替代。

| 发型看男人 |

实际上，大多数女人都不会太喜欢两种发型的异性，一种是长发飘飘的，一种则是完全没头发的。

其实男人长发飘飘并不是什么大问题，但，大多数直发男都懒，不太喜欢打理个人卫生，加上雄性动物汗腺发达，经常弄得头发油津津，看上去格外邋遢不说，还一股怪味儿。换个场景，晚上，床上，漆黑的空间中，只在暗光的映衬下，隐约看着一个头发比自己还长的家伙在自己身上拼命耸动，可能会有一种奇怪的感觉。加上不少长发哥们儿同时还喜欢染发，颜色又喜欢选择黄色，早上醒来的发型分明是个黄毛怪，即便整理好出门也总是会显得格外“洗剪吹”。迄今为止，唯一一个能让我觉得长头发还帅的男人来自瑞典，叫兹拉坦·伊布拉西莫维奇(Zlatan Ibrahimovic)，但也仅仅局限于扎个小辫而已，如果你踢球没他好的话，请趁早歇菜。总而言之，男人头发还是不要太长，对自己，对女人来说都是个麻烦，作为女人，我对这种发型最直接的评价就是：待你长发及腰，我就踹你一脚。

不过顺便讲个我听说过的故事，以前问过一个长头发的哥们儿他留长发的原因，他给我讲了这么一个故事：若干年前，他还是个猎艳无数的花花公子，和初恋历经千辛万苦，终于走到同居那一步，俩人刚住在一起没多久，有一次女孩儿加班，第二天回来在洗手间里找到了两根长头发，姑娘顿时暴跳如雷，说你他妈背着我居然干这事儿，然后收拾行囊拂袖而去。从那以后他就一直留着长头发，目的只有一个，那就是防止自己以后再留下什么马脚。当再有女人举着头发当偷情证据的时候，他就可以杀出来说这头发是自己的。我说你为什么不选择从此以后痛改前非？他哼哼一笑，说其实男人都一样，改变不了本性。这么干只是想让下次事情再被发现的时候，两个人不至于那么尴尬。

再来说说光头吧，我见过不少兄弟因为夏天太热或者嫌理发麻烦再或者干脆就是天赋异禀，喜欢以光头示人。可是女人不这么想，她们会觉得没头发的男人也没什么安全感，甚至还会觉得他们有点娘。走在大街上，我们很少会见到有漂亮姑娘挽着一个光头男子的臂弯如胶似漆，所以听我话，即便是再懒，发型就像我们的衣服一样，终归还是必不可少的。不过，也有一部分男性光头的原因并非情愿，而是因为秃顶，这就得严肃点说说了。以前做两性编辑时，我听一位男科专家给我讲过这么一句话：未必所有肾虚的男人都秃顶，但秃顶的男人一定是肾虚。所以，性能力跟男性头发的疏密质量也有密切的关系，这是肾脏功能的体现之一。我不是说一个多毛怪就一定是床上小霸王，但如果你有秃顶的毛病，请多注意养生，提早补肾。其实导致秃顶的原因之一是因为雄性激素分泌过于旺盛，这与肾虚并不矛盾，不信你看，秃顶的男人多半是油性皮肤。虽然江湖中有说法认为秃顶的男人都很聪明，而且据说都较为长寿，不过相比更容易罹患心脏病和前列腺疾病等祸患而言，终归不算是个值得发扬光大的好事儿，还是应该多留神。

女人比较喜欢的发型大多是简单清爽的，比如简单的圆寸。短的头发茬儿看上去很年轻，微微露的头皮又显得很性感，但圆寸对于人的脑形要求很高，还是需要合适的人选择。简单的发型就是平头，自然简单好打理。也可以多听听理发师的意见，毕竟人家摸过的脑袋比我们多。大多数女人还是关注男人的发型的，起码会下意识地认为头发是判断一个男人细节的好帮手，能看出来健康程度不说，平时是不是爱清洁卫生也能看个明白，如果一个男人关注自己的发型，那势必是个还挺关注自己形象的人，如果他每次给自己搞得发型又都蛮合适自己，那就证明他的审美还不错。女人心细如发，对于男人来说，这类的男人，也难怪女人会爱他吧？

| 爱，切忌用力过猛 |

爱得用力过猛绝对不是好事儿，对男对女都是，在性生活里或者爱情中都是如此，不信我就说给大伙儿听听。

大伙儿可能都知道有个男演员叫文章，他年纪不大，但经常把一些爱得死去活来的好男人形象演得入木三分，无论是《裸婚时代》里的刘易阳还是《蜗居》里的小贝，皆是如此。实际上，如果真是说这两个角色有什么共同点的话，大概是编剧都把这样两个好男人的角色故意设计得没能获得最终理应得到的幸福，这实际上绝非偶然。不光电视剧中，实际生活中，你要是敢用他那种方式谈恋爱，任何人的爱情都会一样不得善终。

当年刘易阳在电视剧里的表白可能会感动一大批小姑娘，不少丈母娘也会凭这么一番话就把姑娘交代给他。实际上，仔细端详端详刘易阳的话，大概可以概括成这么个意思：我没钱，没房，没车，没地位，但我就一个优点，我爱你闺女，非常非常爱，我没有她就活不成，我就想对她好，这个就是我的优点，别的男人都比不了。我爱你闺女，我就要拼命对她好，不计后果，不计代价。

如果仔细想想，这话漏洞百出：两个人在一起，仅仅有爱是绝对不够的，不能说你因为爱这个人，你做的所有事儿就都是为了他好，人家就能接受，人家就能回报给你同样厚重的爱。什么东西多了都是招人烦的。就好比一妈妈怕刚出生的孩子冷，就拼命给她加衣服，最后活活把这孩子捂死了。你能说这不是为孩子好吗？但好心得了好报了吗？你能怪别人吗？你这种不计后果的爱就不是在杀人吗？

再说说小贝这个角色，更多人记住这个角色是他在目睹爱人奸情后的那一句："我已经爱你到骨头了。"实际上，就是这种无节制的爱最终溺死了这场爱情，爱一个人当然可以忍让，可以原谅，可以退缩，可以委曲求全，但爱得舒坦是最重要的，并不能说我们爱一个人，为之计深远，你的这种爱就不会给别人带来麻烦，爱不是约束对方，不是要求对方也一样爱你，实际上，爱这事儿，即便是再深沉，也必须冷静。

关于这事儿，不妨讲个真实的事儿，几年前我堂弟早恋，喜欢一个高他一年级的女生，费了九牛二虎之力才把对方追到手，因此对人家格外在乎，加上他性格黏人，基本上要求跟人家分分钟不分开，电话一天十几个。后来没隔几个月就特沮丧地叫我出去陪他喝酒，问他怎么了，他说人家高考后就把他甩了，我说你对她那么好咋还落得如此。他支支吾吾地给我讲了缘由：人家女生高考前两天，女孩儿母亲知道了他俩的事儿，就把她手机没收了。结果他不知道这些事儿，还是每天拨人家姑娘的电话，打电话没人接就发信息，信息没人回就越来越恼，嘴也就没个把门儿的。高考刚完事儿，女孩儿电话就来了，直接告诉他分手。他问原因，是之前发的信息惹了祸，那女孩儿的母亲高考之后把手机扔在女儿面前，说这就是你找的所谓爱你的男朋友，看看他的短信吧，这是该在女朋友高考前说的话吗？女孩儿迟疑着打开手机，看到的第一条信息是：你在哪儿呢？跟谁在一起呢？就算你偷人或者你死了也该出个声儿吧？

上个月得到消息，我弟已经跟他的大学女朋友确定了婚期，今年十月结婚。前几天跟他聊天，他长叹了一口气，跟我说：他还是忘不了当年那个女朋友，不知道她现在过得怎么样了，他觉得可能这辈子跟她的缘分就是那么几个月了，但他这辈子可能都还会想念。这话听得我心里不是滋味儿，你能说他不爱那个女孩儿吗？但实际上，他的那种爱法确实是错的，以他当年的方式，没有女人能接受这种爱情：找个真爱你的人很重要，但前提是这个人能让你快乐，被牢牢控制和束缚的生活，怕是很难幸福。

爱一个人不是全部，得法才是关键。别为那些真爱却最终分离的爱情可惜，实际上那都是爱法错误的恶果。也许岁月的磨炼会让你懂更多事儿，包括你慢慢会发现这么个理儿：如何合适地去爱一个人这事儿，其实一点儿也不比如何选一个合适的人去爱简单。

| 奇 葩 婆 婆 传 |

今天来讲一些奇葩事件，供一些恋爱进行到即将见父母和即将嫁入人家为人妻的姑娘们共赏，均是个例，但也算还有代表性。

我前任的妈是个地地道道的北京老太太，就管她叫奇葩婆婆吧。奇葩婆婆现年六十多岁，短发，矮小，有点三角眼，因为太瘦，所以满脸皱纹，说话声音冷冰冰的，很少见她笑。我第一次去他家的时候，并没有见到这老太太，说是因为忙，不在家，不过一个退休十多年的老太太能有啥忙的，说难听了就是不愿意见我，先端起了一副架子。不少北京人有个毛病，那就是把这个世界上的人类分成两种，一种叫北京人，一种叫其他人。好像北京人就是一种血统高贵、大气冷艳的物种，惹得旁人都仰视惊叹，争先恐后地跪地舔脚才是。我并不知道他们的这种骄傲是从何而来的，只希望是因为北京房价过高才导致的他们拥有这种变态的优越感。

我前任第二次带我去他家的时候，我才第一次见到了这位老太太。

见到她的第一面我的感觉是：真丑，特别像童话里那种巫婆。但我的奇葩婆婆自己显然不是这么想自己，她问我的第一个问题是：你看，我儿子长得这么帅，是长得像他爸啊还是像我？我当时就被这种问题惊出了一身鸡皮疙瘩，第一，我从没感觉过她儿子帅；第二，这种问题的指向性明显是要求我第一时间回答说这还用问吗？肯定是像您啊！不对不对，也不像您，他哪有您长得好看啊？

后来得知，奇葩婆婆娘家有八个子女，她是最年长的一个，下面有六个妹妹和一个最小的弟弟，我当时还想过：算了。老太太也不容易，带着那么多妹妹和弟弟，童年时肯定是那个兄弟姐妹中最被父母忽视又被当半个出力牲口使唤的货色，心理变态一点儿也在所难免。我前任给我讲过他父母的婚姻历程，他父亲是杭州籍人士，年少时随父母来京，考到燕京大学，毕业后在某职高教物理，他的母亲是其教书期间的学生，他母亲对这位年轻老师倾慕有加，频频示好，但他父亲当时都没有明确表示。后来他父亲因为在家做收音机，被上面怀疑是要收听敌台，所以被扔进看守所，长达一年，期间，这位倾慕人家的女学生频频带上衣服和用的，去监狱探望这位老师，后来他父亲表现良好，刑满释放，他母亲自称是足足等了他一年，就为能跟他结婚，他父亲自觉没法推脱，只能领证。我见过俩人的结婚证，证书上：他父亲表情一脸僵硬，母亲笑得花枝乱颤，话说回来，他父亲年轻的时候长得确实还算周正，但他母亲却长得有点着急，二十岁的时候就有了张年过不惑的脸。

我前任的父亲是个脾气软的人，凡事没主意，在他们家，我经常能听见是他母亲在那儿吆五喝六，说懒得跟他父亲说话，没脑子，弱智，甚至直接管他父亲叫浑蛋，当着我的面。我当时就想，你要是觉得你丈

夫这么傻 ×，你为啥不早离婚呢？你要是觉得他做的所有事情你都看得不顺眼你也用不着像骂孙子似的这么骂，还当着你儿子女朋友的面骂。我真是觉得他爸爸脾气好，这要是换个旁人，要么直接抡圆了一个大巴掌抽一边儿去，要么直接一拍桌子离婚，谁也不欠她的，凭什么被骂得那么难听。

他爸爸后来做了北京某大学的教授，应该在专业上已经做到足够牛 × 的水平，他妈妈则是在某工厂做个工人，她经常跟我念叨起她当年在车间里叱咤风云的日子，“我们当年同事动不动就跟我说：‘主任，我以后就想当个你这样的好女人。’”这样的话一顿饭能跟我说起个若干次，后来我问过我前任，我说你妈当年是车间主任吗？他说不是啊，她那会儿就是个平常工人。

奇葩婆婆还是个标准的势利眼，她们家里兄弟姐妹多，但平时跟她联系的却只有两个妹妹和一个弟弟。一个弟弟是因为她作为长姐从小把他带大，等于半个妈，这可以理解。但另外两个妹妹她之所以联系得多是因为那两个现在混得都还不错，一个妹妹是因为嫁得好，家里有钱，另一个妹妹现在是某三甲医院的护士长，奇葩婆婆连平日里买个药都要去她妹妹的医院里，就为能不花钱。另外几个妹妹平日里根本不联系，相互之间也没有任何来往，原因只是因为他们都是平常人家，据说还在我前任小的时候就被告知别跟这几家的表兄弟玩儿，大致是瞧不起人家。我开始理解她当年跟我吹的那些牛 ×，可能是有这么多年纪轻，长得又比她好，工作比她好，嫁人也比她好的妹妹比，她实在显得微不足道，要是再不使劲儿地吹牛，怕是所有人都把她四舍五入忽视掉了。

她们曾经见过我父母，因为我母亲职业普通，父亲是警察，所以见面的时候，能明显看出这位奇葩婆婆的倾向，她只会主动跟我爸说话，好像眼里根本就没有我妈一样。而且奇葩婆婆并不喜欢我，她总觉得我是垂涎他们家的房产，或者想做北京人才找了她儿子。拜托，我要是想找北京人，想要北京房产，我为啥要找一个家里住旧房子的，比我年长好多岁，而且之前又离过婚，现在还没有固定工作的男人啊？

这位老太太总是离不开自己的儿子，当时我们和他们住楼上楼下，她每天要给自己的儿子打起码五个电话，叫她儿子下楼，给她做饭，帮她装东西，诸如此类。如果打电话一分钟人不到，她就会直接冲到楼上来，亲自把儿子请下去。我当时想的是：如果你这么离不开你儿子，一天要见他七七四十九次才算完美的一天的话，你为啥还不夜夜夜夜抱着你儿子睡觉，为啥要让你儿子结婚，为啥不把他变成个 mini 版，随时揣在裤兜里，随时随地都能叫唤出来一下以尽为娘之道。也难怪，人家估计已经认定，自己的儿子又高又帅，又聪明又牛 ×，然而这一切的一切都是因为仨字：随他娘。

奇葩婆婆认为自己还年轻，经常按照一个少女的标准来要求自己，她的口头禅就是“我现在很忙，上有老下有小，没时间搭理你”。和对待自己老公的非打即骂不同，她面对儿子的时候则是一脸堆笑，儿子的任何错误她都不放在眼里，出了问题先去想是不是别人的错。这种精神起先还是挺让我惊悚的，我在想，这种自信是哪儿来的，后来终于懂了，这叫臭不要脸。

同时，这位老太太还不会做饭，她不会蒸馒头包饺子煮面条，家里所有的包子或者饺子都是从外面买的速冻的，她也不会炒菜。她每次的做饭都是指：拿一个大锅，加上半锅水，把蔬菜洗好，放进去煮熟，捞出来，撒上酱料，就吃。我活二十七年，他们家的饭是我吃过的人类做的饭中最难吃的，没有之一。

奇葩婆婆还很爱美，十分追求品牌。因为我在时尚杂志工作，手边经常有一些化妆品牌提供给我的试用装，奇葩婆婆唯一一次来求我，就是来找我要某品牌的面霜，说是家里没用的了。我当时还说：不知道您喜欢什么品牌，也不知道这个品牌合不合您的身价。后来我看见，她把用完了的瓶子都仍然摆在柜子里做展示。后来某次别人送给我一双某大牌三十五码的鞋，我穿小，想起她脚小，就送给她。后来我前任跟我讲的情况是：她穿也小，但她喜欢那牌子的鞋喜欢得不得了，非要穿进去，送出去找修鞋的硬是给撑大了一码才穿。我当时就想：您当年说好的富可敌国呢？

今年我跟前任因为各种原因分手，也跟这位奇葩婆婆 say goodbye，当时觉得整个家庭里，除了他爸之外，其他的都是奇葩。不知道奇葩婆婆接下来更多的故事，也不知道谁会嫁入这个家庭中，当一个不知道未来如何又主动命途多舛的媳妇儿。写这篇文章是为了告诉所有涉世未深的小女孩儿，以及那些声称婆婆是我第二个妈的姑娘们，谁也不是想第一次见面就跟未来的婆婆为敌的，我跟我的这位奇葩婆婆始终也是笑脸相对，两个人相处得看上去不错，但你要是真正遇上一个永远处在更年期后遗症的婆婆，你的悲剧才刚刚开始。如果以后我生个女儿，我希望她能嫁入一个没有婆婆的好人家。

| 旁观老男人 |

三十岁一过，男人好像就变得彻底不一样。

有些事情看起来很简单，但等你自己做起来的时候，你才会知道，竟然可以累得像个苦逼。我经常能听见年过三十，略有家底儿的男人在两杯酒下肚之后不屑地跟我说："切，×××× 电影拍得也就那么回事儿嘛，没什么了不起的，大师水准也就这么回事儿。我也能拍。"每当听到这种话的时候，我就没来由地恶心。我喜欢有自信的男人，但，自信不是自负，自信是一种看不见摸不着的气质，绝对不是一次说得唾沫横飞让嘴巴痛快几句的高潮。

年轻时候的男人没什么自信，对自己如此，对周围也是如此，那时候他们势单力薄，总觉得自己没那么大本事容身于世界，并创造出个所以然来。然而家里从小就开始教育，男子汉要走南闯北，要建功立业，加上岁月不等人，二十几岁的时候，不管男人习惯还是不习惯，也不管他兴趣在哪儿性情如何，他们都得学会在社会上摸爬滚打，这是他们的命，没别的路选。所以大多数年轻的男人喜欢比自己年长几岁的女人，不为别的，就是因为她们疼着他们护着他们，觉得有安全感。既然没办法改变一个人闯天下的命运，但身边多个知冷知热的人总是个能让自己心里头踏实的好事儿。

有时候老人说的大道理没错儿：奋斗不会白费。若干年熬过来了，毛头小子也已经成了三十多岁事业有成的成功男性，这时候，年少的懵懂慌张早就消失殆尽，同时消失的还有不等人的岁月。三十岁对于男人和女人来说都是个坎儿，过了这个坎儿，青春就地话别，以后再没有恣意妄为的年少轻狂了，这也标志着，从年入而立开始，就要面对中年的时光。

这让男人开始慌张，好像所有年轻的时间都献给了有悖自己内心的千篇一律的工作和奋斗，如今钱有了，房有了，事业有了，地位有了，可是代价太惨重，好像年轻的时光没了，自己以后就要面对中年大叔大腹便便的日子，苍老似乎是一瞬间的事儿，杀他们个措手不及。

于是他们开始慌张，开始竭尽全力去捕捉青春和梦想的最后一点儿影子。他们希望自己能在不损失现有的一袋子钱的基础上，能重新回到二十几岁那种充满激情的年纪上。于是他们开始想各种奇怪的办法，比如，突然变得文艺，突然爱上了摄影，突然开始关注时尚，突然开始主动给自己添置新衣，好像这些办法能让自己重整旗鼓，变成一朵含苞待放的雏菊。

我有个朋友，开了个摄影俱乐部，据他说，会员基本上都是三十多岁有点家底的中年男人。之前对摄影一窍不通，闻所未闻，但是就是觉得这个东西应该挺牛 ×，砸下十几万，买了一台他完全不会用又死沉的相机。生怕这么些钱白花了，于是就报了个班，学习。不少学员报名的时候就问：咱们能不能多学点拍人体，女孩什么的就更好了……实际上也是，这些中年男人之所以拿起相机，爱上摄影，一大半是因为热爱小女孩，而且在他们的字典里，小女孩都是愿意为艺术家献身的，而他们，希望自己能是个艺术家。

是的，一定是小女孩。年纪越大的男人，对小女孩就越痴迷。不是爱，是痴迷。无论姑娘长相如何，身材怎样，只要年轻，一掐能掐出一汪水儿来，在他们眼里就是盛宴。所以，与其说他们痴迷摄影，不如说他们痴迷小女孩；与其说他们痴迷小女孩，不如说他们痴迷青春。既然这种青春自己身上已经不复存在，也只能让自己身边多一点儿年轻肉体来让自己感到安全。来让自己重新信心满满，让自己重新活到年轻人的世界里，就这么简单。

这未尝不是一件让人心酸的事情。但实际上就是如此，女人之于男人，永远是一个增长信心的强有力道具，无论年轻男人还是中年大叔都是如此。不要去嘲笑男人表面的自负，也不要不齿于那些自诩为艺术家，每天见到年轻小女孩眼神就挪不开的男人，他并不是爱上了旁人，他只是疼惜自己的青春。

| 女 主 人 时 代 |

自古以来，好像关于两性这种事儿女人始终没法开口。说起这事儿人们面前永远会出现一个固定的场景，那就是男人想要就要，女人欲拒还迎，始终是这么一个看上去有点怪的造型。于是我收到过不少姑娘私信我一些这类欲语还休的问题，今天索性就放在一起说说我的态度。

时代不同了，越来越多的大姑娘和小伙子意识到了这一点，女人也渐渐地开始可以当家做主。比如说，女追男在现在看来绝对不算是什么新鲜事儿，而且就是有不少大胆爽快的姑娘用自己一腔真爱以及敢作敢为的性格成功搞定了心上人，俩人相亲相爱地过日子了。相比之下，那些偷偷在心里暗恋对方，又始终不敢表白的姑娘有可能最后只能落得个一厢情愿的下场。人家男方压根儿不知道你对他的一颗心，最后当然也就追自己的姑娘过自己的生活去了，女孩儿也只能在旁边眼睁睁地看着对方搂着别的妞儿走了，拾掇拾掇碎成渣儿的心，跑到没人的地方哭去了。这也怪不了别人，谁让你自己不把想法大胆说出来，起码跟对方沟通一下当作争取，好歹也算是尽力了，对得住自己的青春。

求爱阶段尚且如此，床上的事儿实际上也是一个道理。关于性的话题未必就是忌讳，尤其是在两个人的私人时间中，女人也完全可以理直气壮地提出自己的要求或者个人的态度，跟伴侣或者枕边人说出自己的想法也不算什么越界的事儿，毕竟性这事儿是俩人合计着办的。对吧？

以前跟一群妹子聊天，一个之前交好的活泼姑娘却在三杯酒下了肚后开始哀怨凑上眉梢，顺势问她怎么了，是工作不如意，还是惨遭人抛弃？不料姑娘哀怨地摇摇头：都不是，而是有些心里话不知道该怎么说，即便是跟最亲近的人。接着就跟我讲起了心里的秘密：她是个爱玩爱闹的女孩儿，什么事儿都不喜欢循规蹈矩。年初的时候她买了套情趣内衣，给男朋友看的时候，他的眼神非但没有预想中的欣喜，反而变得怪怪的。男友生日那天晚上，她穿上了那套衣服，把自己打扮成了一份礼物，想给男朋友一份特别的礼物。可男朋友却因此大发雷霆，还问她：这是什么意思？她觉得特别委屈。“我能什么意思啊？”她跟我再提起这事儿的时候，眼泪还在眼圈里转。我说，你把你的想法跟他说过吗？她摇了摇头，我说你回去试试跟他说点你在这个问题上的想法试试看。

几天之后，姑娘给我打来了电话，声音里有点小惊喜。她说我跟男朋友谈了，我跟他说我爱你，这没问题，但我不喜欢每次总是一个姿势就是传教士传教士始终传教士，我也不想每次性要求都是你提出来的，我被动接受，我觉得这种逆来顺受的态度不像我。我也想来点不一样的！我也想试试女上位，我也想来根杜蕾斯震动棒让咱们更有情趣，我买了情趣内衣就是为了能跟你一起越来越好，我不光是为了我，也是为了我们你懂吗？她说男朋友从开始的面无表情到后来抿嘴听，再到后来干脆一把把她抱住，接下来的事儿就不言而喻了。“现在我们过得好极了！好像之前所有的委屈和无奈都一扫而光啦！”那姑娘像一只快乐的小鸟。

放下电话之后，我仔细想了想这件事儿。现如今的时代终究再不是一个女性逆来顺受就能解决所有问题的年代。女性完全可以大胆说出自己对这事儿的期待。好样的靠谱男青年也深知这一点，他们知道办事儿就是给女性办的，怎么才能让媳妇满意这才是正解。那怎么才能让媳妇满意呢？蛮干总不太好，勇往直前好像也不是办法，该做的事情其实就是多跟对方谈谈这事儿，知道对方需要的到底是什么才能算是有的放矢。有喜欢传教士的完全派，就有喜欢车震的野路子妞儿，有喜欢女上位的豪放女，就有喜欢彻底被你覆盖的小受妹。总而言之，没人能告诉男人，你到底怎么做女人才满意，除非是你的女人亲口授意。同样，女人自己的幸福或者性福，也终归要靠自己争取。

女人不易

很多人说女人是事儿逼，大事儿能哭一场，小事儿也能闹一通，但是身为男人，你想没想过，这事儿为什么。

微博私信里，我常常能收到女人的问题：他爱不爱我，他是不是不爱我，他是不是不光爱我一个，他说过他爱我怎么现在就不爱我。对于她们的感情，我更像是个完全的局外人，这些问题她们为什么要来问我？她们怎么不直接指着自己家男人的鼻子来问？她们为什么不能抱着自己爹妈的大腿大哭一场寻求问题的答案？她们为什么不能在外面宿醉的时候直接对着自己的闺蜜问个不休？

成家之后的女人，工作家庭必须兼顾。男人有理由只为事业奔波，不顾及柴米油盐，女人若是如此，那便是四体不勤五谷不分的象征。白天上班累个半死，回来张罗晚饭，奔波于菜市场。晚上男人归来吃饱喝足倒在沙发上看电视，片刻鼾声四起，自己在厨房洗好最后一只碗，刚想歇下的时候，孩子的哭声骤起。男人好像听不见似的，完全不闻不问。

翌日早上问起男人，男人一脸茫然：是吗？孩子昨天又哭了？没听见啊，哎呀，睡得太死了。女人能说什么，女人什么都不能说。

从大学开始谈第一次名正言顺的恋爱开始，女人就学会对着父母把爱情这事儿报喜不报忧。倘若把婚姻中受到的委屈和不服一一跟父母道来，父母轻者抚慰一番忧心忡忡，重者破口大骂告诉你“分手”！试问，这结果是你想要的吗？父母年纪一把，为什么要让他们为你的感情事夜不能寐，你满足了倾诉欲，可是于事无补，倒白白害得他们为此辗转反侧。

跟朋友说吗？她们自顾不暇，即便是患难之交也只能当你是怨妇碎碎念，暂时充当你的垃圾桶。还有可能事情解决不了，不久江湖中你要离婚的消息传得风生水起。感情不顺发牢骚，大多人不会选择朋友。是的，朋友适合同甘苦，不适合共患难。

于是在无数次一个人为家庭的奋斗中，女人开始崩溃。她们从家里的娇贵女变成了战无不胜的女超人，她们的心开始变得坚韧，这种坚韧渐渐成了冷漠。她们决定跟丈夫谈谈，她给男人发了一条信息：我买了酒，晚上回家一起聊聊吧，我们好久没好好聊天了。男人回答：好，晚上说。四菜一汤备好的时候，男人又来了信息：今天晚上有临时会议，估计得十二点之后才到家，有事儿改天说。女人还能做什么？最想说话的一刹那过去了，就是过去了。

所以看到很多女人跟男人说我要跟你离婚的时候，男人一脸错愕：离婚？为什么离婚？我哪一点做错了？我努力工作薪水交家从未背叛，为什么要跟我离婚？可是，我的男子汉，你知道女人的背负吗？于是女人出轨，当陌生男人刺入自己身体的时候，女人感觉到更多的不是快慰，而是暂时的放松，这会让她觉得自己没有那么委屈。这对于女人来说，比性高潮要快乐得多。而男人呢，男人在知道女人出轨的时候，只会说：不甘寂寞的贱人，滚！

你能怪谁呢？男人生性如此，不喜欢复杂，不喜欢面面俱到，他们天生没长那根缜密到不行的神经，他们觉得自己已经为爱人为家庭尽力了，他们也一脸莫名其妙。女人错了吗？女人就是这样一个看重小事儿，自己再强大也扛不住太多小事儿的生物。到最终，大多数女人并不会因为小委屈就放弃了这段感情，因为当她举目四望的时候，她发现所有女人都是这样一步步走过来的，命运并没有只在玩儿她一个人。她尽管脆弱，但依然非常好满足，你抱着她的时候，她心就已经完全融化。就这么简单。

| 暧 昧 是 一 种 病 |

我有一种怪癖，当我爱一个人的时候，我根本不想跟他做爱，我觉得把我高尚的感情用一管子白色液体或者用半个小时的嘶吼乱叫作为表现形式是对我自己的一种侮辱，爱情不是兽欲不是发泄，性是一件水到渠成的事儿，因为爱到手足无措的时候，决定相互品尝一种叫酣畅淋漓的口味。

我无法定义暧昧，也许两个人发信息到深夜坚持不睡觉是暧昧，也许两个人可以说到最敏感的话题但是依然不会急着去交配这叫暧昧，也许想爱不能说内心忐忑叫暧昧，也许暧昧是一个眼神，也许暧昧，就是搞破鞋。

暧昧是美好的东西，比爱情来得真实有效，又不用付出身体作为代价。即使走在街上的时候，也会莫名其妙地趾高气扬，觉得自己恍惚有爱情撑腰，竟然觉得自己不孤单不想念，竟然觉得自己前所未有地强悍。这是暧昧的好处。

我并不否认暧昧可以演化为爱情，潜滋暗长的时候不会有任何信号，但是起码会知道这一时刻涌动的新潮。

那么我想，暧昧就比媾和，比交配，比一夜情高尚安全。那么我想，当对爱情不确定或者受过感情伤时会喜欢暧昧。

暧昧跟爱情最大的区别，是爱情有承诺，有相互给予对方的一个位置。暧昧不一样，没有人会给你一个许诺，说你是我的，你不可以和别的人如何如何，只因为你是我的。

我觉得真正能让我心动的，是夜晚的时候突然收到一条信息：我想你。这要比拽着我去酒店在大床上翻云覆雨让我兴奋得多。

我不需要形式主义爱情，我不需要把爱情偏执地认定为是做出来的，其实看穿了，爱情无非是一个迹象。

所以我说，暧昧比爱情快乐和永恒。

不想患上思念的病，不想受爱情伤，不想相信自己能一直茕茕孑立，不想看着自己形单影只，所以我深刻地迷恋暧昧，其实是因为心里深处的那种不可名状的快慰。

有种说法是两个人造爱高潮之后你想起的第一个人，也许就是你心里的那个人。今天做了个简单的心理测试：你心里住着几个爱人。测试结果是心里没有爱人。我觉得对，我从来不爱不爱我的人。这不是自私的表现，只是我需要安全感，这种巨大的心理防线，让我清醒地告诉自己，真心这东西，不能随便给。

看了看，几乎所有人的测试结果都是心里没有爱人，真幸福，心里没有爱人的空窗期，需要一次非同寻常的邂逅，哪怕是暧昧。

| 暧 昧 这 事 儿 |

记得有个女作家曾经这么说过：恋爱最美的时候，是彼此将说未说之时。这话听着着实拧巴，实际上不难理解，概括成现在流行于世、经久不衰的一个词儿其实就是暧昧。也还有人说起这种感觉来毫不留情，说是把暧昧拆开来看无非就是：一个假装有爱，一个假装有未来。

我不知道哪种形容才是对的，但我知道，就像吃饭睡觉拉屎一样；只要你恋爱，基本上没有人从没经历过暧昧。学术点说，暧昧的来源其实挺好理解，它产生的原因就是爱情里男女的感情不同步，好比说，有一男的追你已经很久了，你对他印象也不错，你还得再考验考验他，那你们这种关系就是暧昧。又比如说，你暗恋一男的，他对你也挺好的，但你不知道人家到底喜不喜欢你，你一姑娘，也不好意思直接跟人家表白，这种状态，也叫暧昧。那种微妙的感觉跟激情四射的恋爱或者是苦涩寂寞的单恋不一样，有点甜，又有点酸。暧昧这事儿说白了，其实是男女确定关系前，最后的那一点点的欲语还休。

单身太无聊，结婚太平淡。所以不少人暧昧上瘾，觉得那种似有似无的感觉不错，甚至欲罢不能。这事儿就好比男人未必就喜欢一丝不挂光屁股的大姑娘，但是大多数男的肯定喜欢盯着穿超短裙露着大白腿的小妞儿看。所以，与其说人们喜欢暧昧，不如说人们都喜欢犹抱琵琶半遮面的这种意境。

对于女人来说，暧昧的魅力，在于似乎身边总有一束关注自己一举一动的眼神儿，好像总有人欣赏你，理解你，也有人说贴心话，女人缺乏安全感，她们太需要有人爱的这种感觉，又没有恋爱那种大动干戈，不温不火的刚刚好。对于男人，暧昧更是个好事儿，自己身边可以随时出现个姑娘，不至于被人笑话说是单身汉，暧昧的对象数量不限，没有说必须一对一，永远有个姑娘能在你身边默默听你说话，更好的事儿是：暧昧是恋爱前奏，它不用负太多责任。这对男人来说，实在是经济实惠又体面的大美事。所以说，暧昧这事儿之所以经久不衰，完全因为它能够最大程度贴合男女的内心状态，是一剂欲罢不能的迷魂汤。

其实有些东西，得到了反倒没意思了。你拼命想要一个东西，想到夜不能寐，为了得到它的过程永远是你最在意的。等真正拿到手里了，一看也无非如此。所以无数人回忆一段婚姻或者一段恋爱的时候，总是能在说起当时没确定最后关系的暧昧时，一脸甜蜜。

当然，必须得说的是：暧昧这事儿并不完全无害。有多少人暧昧了一通，自己心里的小鹿乱撞了一次又一次，到头来发现人家跟你暧昧只是因为把你当了一备胎，于是伤心欲绝。也有人暧昧到最后，却发现是一场浩浩荡荡的自作多情。其实暧昧得有好的体力和心理承受力，尤其对于女人；男人这种动物，看到自己喜欢的猎物，固然会有人选择静候良机，伺机而动，但大多数人还是会被身体里暗涌的荷尔蒙激励，本能地选择直捣目标。

总而言之，暧昧当然是个美事儿，如果你年纪一大把，不着急结婚，不着急恋爱，无非是想找个人解闷儿，同时自己心理相对比较强大，耐挫力不错的话，你当然可以尽情享受暧昧带给你的这碗心灵鸡汤。只不过有一句不中听的话必须提醒在前头：有真爱你的人，等不及与你暧昧，他巴不得能用最快的速度成为你这款姑娘的拥有者，生怕你被别人惦记上。所以，暧昧有风险，投入需谨慎。

| 如何识别一个人渣 |

大多数时候，人渣就在我们身边，甚至和我们寸步不离。

我承认每个人心里都住着一个恶魔，这个恶魔有时候大有时候小，对不起，别想得太邪恶，我说得很单纯。我们害怕被伤害，即便是强大到不行的人也终究是怕人伤害的，越是看上去百毒不侵的人越有一招致命的死穴，只看你我能不能找到。每个人都因为害怕被突然袭击而不得不时刻做好防备。

有些人的防备是赚钱，拼了小命地赚钱。他们认为，钱可以买来一切。大部分时间，钱确实有这种强大的功能，但钱并不能掩盖一个弱智的人：你是白痴，有了好多钱，你也仅仅是一个富裕的白痴，仅此而已。大多数的人把钱当成一种武器，以此来吓退更多要来袭击自己打击自己的人，用厚厚的钞票来证明自己，即便你没有学历，没有技术，好像搜遍全身上下也找不到一点一滴可取的地方，但，你就是有钱，这成了你唯一一处引以为豪的资本，你靠这个被人瞧得起，你靠它来“扬名立万”，你靠它来呼朋唤友，你靠它来证明自我。旁人对你毕恭毕敬的背后呢？他们也许刚刚在这个晚上吃了你的喝了你的，他们也许刚刚在这个晚上得了你给的施舍，但他们不会感谢，甚至在微醺的午夜，几个人坐在车里谈起你的时候，还是一脸嘲讽地指着你为他们结账的那个方向，说：“切，他那个白痴……”

有些人的防备是欺骗，肆无忌惮地欺骗。那些口里没有一句真话的人实在太多，他们似乎认为，这是他们获取安全感的唯一途径。他们骗朋友，骗同事，骗爱人，骗孩子，骗父母，甚至连自己都没有放过。从大事到小事，他们说谎完全不需要理由，他们的目的不是为了哄骗谁，只是一种下意识的行为，完全说不出到底意义何在。在他们嘴中，自己的生活是一个玄幻的，充满神秘色彩的世界，自己呢，则被形容成一个力量无穷，完全可以披荆斩棘的超人。他们觉得自己是最无敌的那一个。旁人给予他们的只有阻挠，别人的劝阻或者帮助都是拦路石，都是对他们能力的质疑。他们也许到死那天都一事无成，苦心经营出的那一个世界就像孩子吹起来的一个肥皂泡，破灭的时候，甚至没有发出一点儿声音。

有些人的防备是攻击，这是一种兵不血刃的武器。他们在你面前永远是好朋友，他们谦虚、寡言、谨慎，甚至还有一点点羞涩，这就是他们在人前的形象。实际上呢？换一个场景，他们正在用内心的小本子一笔一笔记录你的故事，你的软肋，你的想法，你的意图，他们统统记录在案，他们能做的事情是把你的计划掠为己有的同时，把你的一点点马脚无限放大，把它放在人最多的地方示众，直弄得你死为止。他们所有的心思都用在算计上，没有时间去大口喝酒，也没有力气去与你耳鬓厮磨，他们会躲在角落里，在你最困苦的时候，从哪个逼仄的缝隙中，突然伸出一把刀子，一刀致命，你捂着伤口用最后一丝力气回头的时候，却错愕地看到了那张你熟悉的面孔。

有些人是自私的。他们太怕失去，于是巴不得把周围一切都写上自己的名字，这就是他们存在的价值和全部意义。他们才不会计较周围人的情绪，他们就是太阳，就是神圣之光。所有的一切似乎都为他们服务，这种看似自恋得有点变态的情绪其实就源于占有欲，他们希望所有的女人都爱他，他们觉得自己就是世界上最英俊的那一个，所有的佳丽都任由自己挑三拣四。他们认为，自己会是职场的中流砥柱，完全不会意识到世界上有能力的人是那么多，他们自认为自己无可取代，他们不会理会旁人厌恶的表情和嘲讽的嘴角，他们不会泄气，似乎只有不断地占据更多的东西，让更多人为自己服务，让更多人拜倒在他们的脚下，才是这些人生活的下一个追求。

也许现实就是这么让人可发一笑的物件，我们能够做什么。我们没法成为一个彻底的避世者，人生在世，谁也不能做到无欲无求。更多人用信佛来幡然悔悟，来忏悔自己之前的错误，吃素好像成了他们六根清净的唯一证明，可是阴暗的内心依旧见不得天日。他们是人渣，但他们自己不觉得。我们既然没有足够的能力从他们身边挣扎逃开，或者完全消灭这种不轨的气焰，你我能做的，其实也只有尽力自保，起码能让自己安稳度日，也就足矣。

| 初 恋 必 死 |

无论从哪个角度来看，郑伊健都已经不红了，他再也不是陈浩南，但是娶了蒙嘉慧这事儿还是让他在第一时间登上各大媒体的头版头条，不为别的，无非是因为，这个和邵美琪爱了七年，和梁咏琪爱了八年的男人，最终选择了和他爱了七年的蒙嘉慧。

无数人在帖子下面唏嘘，评论说当年的“二琪夺面”是何等壮观，两个女人的战争虽无硝烟，但实在刀光剑影，结果却直到如今才见分晓，胜利者不是二者中任何一个，而是另外一个与这一事件完全无关的局外人。

这便是男人的思维方式：感情像是毛线团，当剪不断理还乱的时候，与其花费大量时间把它彻底梳理清楚，不如干脆跳出去，买一件现成的毛衣来得实在。

我相信，郑伊健是爱过邵美琪和梁咏琪的，我不相信一个男人在对一个女人根本无爱的状态下能坚持跟她在一起七八年，即便他是影帝也演不出这样的情真意切。郑伊健当年一路走下来，也多亏两个女人的付出。没有男人会嫌爱自己的女人太多，来者不拒，多多益善也算是雄性本能。

年轻时候恋爱，根本不懂别的，什么技巧都没有，只知道一个劲儿地真心付出，以为真心付出就一定能换来好结果。结果呢？还是各奔东西，你不能说是对方不领情，用力过猛的爱情确实太可怕，尤其对于男人来说，一个女人打着爱他的名义对他全面管教，这样的爱男人宁可不要。

回头想想，又有多少初恋成功了呢？分手那一刹那的撕心裂肺苦不堪言，到后来都还是被时间这剂万能药彻底治愈。我经常听到有人给我讲，她印象最深的一次恋爱就是初恋，那叫一个山崩地裂。我也经常听到有人给我讲，某天见到初恋还是会情潮暗涌忍不住又跟对方一夜纵情。这些可能都是旧情难了的表现，也都算是当年爱得凿凿的见证。但，我很少听说，谁谁谁为了初恋那个男朋友或者女朋友，终身不婚。

初恋没有错，我也相信，那确实是真得不能再真的真爱。两个人完全不看对方的工作、家庭，完全不理会别人的意见或者建议，还尚未学会从多个角度去客观地评价一个人，只知道一股脑儿地对对方好，问起爱的理由，没有人知道，有时候，初恋爱一个人到要死要活的理由无非是因为他是你同桌。

后来，所有的事情变了。我们开始看到了更多的诱惑，我们开始明白，女神也是有缺点的，我们开始意识到原来外力的阻碍我们无力抗拒。

于是你们分手了，你还曾为这事儿割腕跳楼寻死觅活，到最后呢？你还是洗了身上那块带有她名字的文身，还是会在饭桌上与一个漂亮的女同事谈笑风生，还是会掏出一枚钻戒对一个女人说嫁给我，还是会在当父亲那一刹那泪流满面。这些时候，你脑中初恋的影子，早已经无影无踪。

我们每个人也许都曾经是其他人的初恋，这太正常不过了。我们如今能做的事情是什么？不是回想起来唏嘘感慨，也不是等到某次偶然相逢的时候与他重温旧梦，更不是听到他结婚的消息把自己灌个烂醉，能做的事儿其实简单得很，那就是继续好好过你自己的。别他妈装什么情圣，因为陪伴你一辈子的人，才是你应该爱的那个。

女神综合征

上高中的时候，我约莫能有一米六八的样子，瘦得只有九十六斤，干瘪，文科班里男生少，加上我不乐意跟人说话，所以认识的男的有限。不知道为什么，那时候喜欢我的男生有个共同特点，都是戴眼镜的，不苟言笑在他们眼里倒成了魅力，好像是有点高不可攀的样子。但这个德行的我也有个问题，那就是总是写着一脸的“生人莫近”所以人家只能在我周围晃荡，很少有人来表白。没办法，那个年纪的男人都怕碰钉子。

上大学和工作后，时间把我塑造成了一个女汉子，跟男的没什么两样。经常三更半夜地一大群人蹲在街边摊吃串喝啤酒，当年的高处不胜寒不见了，身材走样，于是身边也就没了什么暗恋的人。不以为耻反以为荣地回头看看，竟然发现了个有趣的现象：大多数男人其实还是喜欢那种清冷高傲的姑娘，好像不把全世界放在眼里，对男人一副不感兴趣的样子。男人呢，兴许是贱的，倒觉得这就是天大的魅力。问题还是一样，不敢表白。

每个男人心里都有个女神，但他们不见得最后就会娶到女神。女神大多是他们初恋或是理想对象，但人家不是名花有主就是根本对你不来电，但没有女人会跟一个真爱自己的男人彻底决裂，于是俩人就这么暧昧着，有时候也能一起见个面，吃个饭，有时候彼此也会在对方的微博或是朋友圈后面点个赞，好像这就是全部生活。

如果按照理论来讲，一个男人喜欢一个姑娘，又不能主动跟她表白来打破僵局，大多是有三个原因：第一，好面子，生怕失败。有些自觉没戏，或者是照镜子就自知二人组合分明是一朵鲜花插在牛粪上，这样的时候，表白跟不表白是一个结果，都是没戏。让他立刻放弃？又有点可惜，心有不甘的时候，只能是这么僵持着。第二，做备胎。自己已经有了伴侣，但谁会嫌身边漂亮姑娘多呢？都能收入囊中自然最好，这样的时候，就跟对方暗送秋波，作为一个猎艳或者二手的人选。第三，其实是因为不爱，换句话说，就是爱得不够浓，没达到那种觉得这个姑娘自己得不到就吃不下饭睡不着觉的程度，觉得可有可无，能到自己手当然最好，女方能先有所表示当然也不错，所以这样的时候，人家并不着急把你拿到手，所以才采取暧昧的态度，起码方便自己下一步行动。

作为姑娘，在嫁人之前遇到各种各样的奇葩男人实在是家常便饭，问问身边闺蜜的所遭所遇甚至是有过之而无不及。别太着急结婚，越是着急越是找不到合适的对象。别觉得谈恋爱像是一场太极，就干脆没了耐性，速战速决未必对咱们来说是个好事儿。再有，需要有个狠心，听别的姑娘说过这么个故事，自己跟一个男人暧昧许久，两个人除了正式公开关系之外，什么事儿都发生了，可对方就是这么僵持着，也不有所表示，好像一切也不着急，姑娘觉得自己像百爪挠心，这样的感觉食之无味，却又弃之可惜。但凡是两个人相处过了三年，仍然没有动过结婚念头的，就请做好一辈子结不了婚的准备吧，最激情最热恋期间都没有结婚的冲动，以后漫长的平淡期你还指望个屁啊？

总而言之一句话：热爱当女神，总端着的姑娘怕是这辈子只能当女神修行了。但反过来讲，女人难得的是要有自知，人家没把你当女神的时候，咱也得机灵点，起码别混成女神经病。

离婚的男人

隔壁的老太太向来趾高气扬，不爱与人说话但嗓门颇高，喜欢用鼻孔注视着整个苍茫大地，好像所有事儿在她面前都是尘埃一般不入眼。即便是她五十多岁的弟弟和四十岁的儿子先后离了婚都依然不能阻止她的高傲，用她的话说："男人离婚了无所谓，年纪越大越是香饽饽。等着吧，好日子在后头呢。"

事实上，离婚这件事儿对男人和女人确实不大公平。仿佛离婚是男人增加身价的垫脚石，却成为女人毁掉出路的必杀技。我大致能够想明白造成这种局面的根本原因：男人离婚，大多会把和前妻的车与房留在手边一件，可能连离婚证都不知道扔到哪儿去了，就在把孩子留给前妻后扬长而去。无论还在手边的是车还是房，都无损男人身价，反而成了身家的标志。相对地，一个女人，三十好几，容颜尽失，加上一个嗷嗷待哺的孩子和怀孕后变形的体态，能再次博得男人的同情挺容易，能让这同情化身为暧昧乐呵乐呵也不难，爱好熟女和怨妇这口儿的大有人在，但你现在要是让哪个男人娶一个带着别人的孩子，不好看，且全职家庭主妇的女人，八成的男人都得打退堂鼓：用着不好用不说，领出去也实在没面子。

我承认，离婚确实不是否定一个男人的理由。离婚这事儿未必都赖男人，离了婚的男人未必都有问题，这事儿得具体情况具体分析。有多少男人在外面兢兢业业地养家糊口，换来的是后院起火惨戴绿帽？有多少男人是在非情愿的情况下被迫相亲匆匆走进婚姻殿堂？这样的时候，离婚算是给自己个活路。我也承认有不少男人在经历了一次失败的婚姻之后，突然大彻大悟，明白了什么样的家庭生活才是自己要的，自己到底该怎么活，再婚找了个懂自己的，俩人相安无事过了一辈子。

离了一次婚不可怕，责任可能各自五五分，但离了两次婚三次婚什么的，还逢人就鼻涕一把泪一把地说自己命不好，总是没遇上中意的女人这就太扯了。第一次离婚可能是女人的错，难道每次都是女人对不住你吗？一个女人忍不了你可能是性格不合，但每个女人都忍不了你，你难道还不应看看是不是自己那死德行有问题吗？你难道真的觉得每次婚姻破碎都是女人的错吗？就算每次都是女人的错，你每次都能在茫茫人海中准确无误地找到那么傻 × 的一个女人喜结连理难道还不足以说明你是个傻 × 吗？

离婚未必是个短处，如果男人真的能因此更加理智地对待婚姻更懂女人倒也是个好事儿，所以我从没看不起离异过的男人，但让我看不起的是那些完全不把离婚当个事儿，不以为耻反以为荣的货。所以我总是觉得，女人一旦要找离过两次婚以上的男人，就要格外留神。这样的男人很可能是把婚姻只当成是一个一来一回一红一绿的小本儿，你让他有什么责任感他做不到，他的字典里只有最简单的道理：合拍就过，不合就离，完全没有沟通调节改变这些方式方法。你很可能因为俩人的一次争吵，就失去了这场婚姻。离婚也许也有惯性，也许一沓结婚离婚证对男人来说是千帆过尽的见证，但你要先问明白自己到底愿不愿意拿自己的青春赌明天，为一个自己都不知道自己想要啥的男人所谓的阅历来添砖加瓦。

前几天又看见了邻居那个老太太，她依然耀武扬威。听院子里的人在她背后窃窃地议论：她五十岁的弟弟再婚找了个三十多岁的小镇姑娘，儿子也找了个小他十几岁的女友。我于是在心中祈祷，老太太能一辈子这样得意地走下去，没人再让她摔倒。

| 逼 婚 |

中国人有这个讲究：无论孩子长大了工作在哪儿，春节都得回家过年。于是当现在二十多岁漂泊在北上广的年轻人起早贪黑，就为了抢到一张回家车票煞费苦心的时候，另外一件难事儿也在悄悄地袭击他们：又到了一年一度听家长念叨终身大事的时刻。你说不回家吧，想家里的爹妈和长辈，回家吧，要听七大姑八大姨叨念对象的事儿。没辙。

几乎每年春节前半个月，网上准浩浩荡荡开始兴起一种新式样的相亲节目，叫“租个男 / 女友回家过年”。很多人觉得这是个炒作，或是打着亲情牌约炮。实际上，动机不纯的人确实有，但大多数人的心酸和无奈还是可以通过这么个事件看个一二：租个对象回家过年，其实只是为了堵上家里人的嘴，省得因为这事儿念叨个没完，过年都不消停。

有人问了，你带回去个姑娘，回过头来明年又自己回去或者又带一新姑娘回去怎么解释？或者你某天真相中了个姑娘，俩人卿卿我我准备结婚，带回家去发现家里人已经认定你去年带回去那姑娘才是儿媳妇咋办？其实这事儿说来拧巴，但实际上，不少年轻人就宁可回过头来再跟家里解释说俩人分手了，也不愿意让家里人又空盼一年。

其实老人也不容易，年岁一大，退休在家，儿女不在身边，天天守着望着就是希望自己孩子活得好。啥算是活得好？赚大钱，露大脸在老人眼里看上去不算啥本事，有能耐操持起一个家来那才算牛。老人辛苦了一辈子，就养活这么一个孩子，孩子工作在外地，天天也见不着。老人巴不得能有个知疼知热的人帮忙在那边照顾他，起码俩人能是个伴儿。爹妈岁数一天比一天大，无非就想在活着的时候抱个孙子。如此这般的想法想要一一实现，唯一的办法就是：催着自己家孩子早点结婚。

年轻人就不想恋爱不想结婚吗？没人不想。年纪一过二十五，想所有东西都务实了许多。没有人再记挂着每天怎么玩儿，尤其工作在外地，压力到底多大怕是只有当事人自己清楚。好岁数就这么几年，老大不小的了，谁不想找对象结婚生孩子啊？可是每天早晨八点起十点上班，晚上七点下班八点到家，周一到周五如此往复好歹有两天的休息日还可能随时加班，赚个五千块，家里人觉得不少了，回家这个亲戚羡慕那个亲戚夸，其实你自己心里门儿清，在北京上海广州，这点钱除去租房和交水电费交通费以及贴补家用，基本上也就够个喝粥钱。谁找你这样的结婚啊？压力大，时间紧，赚钱少，没住房，拿啥结婚啊？

真有老人看孩子这阵势，急了，托了七大姑八大姨给孩子介绍了个主儿。不少年轻人一听就急了，我靠这是相亲啊，我可不去。没这必要，咱退一万步说，你自己没时间没精力找对象，家里人帮着搭把手，你看着行算不行拉倒，也未必是啥坏事儿。相亲这事儿听着挺土，但实际上就是有不少人真是因为这个就成了，犯不上因为这么个事儿较劲，非那么排斥对谁都没好处，没准儿你爸你妈当年就是相亲介绍认识的呢，不还是一样白头偕老，纯靠真爱？

要我说，这就是现状，谁也改变不了动摇不了，有埋怨的那个心思还不如自己好好乐呵乐呵。谁不是这样一路摸爬滚打地过来的？被逼婚说明大家都惦记你，大家都觉得你还应该是个销路不错的主儿，没什么不耐烦的，有骂骂咧咧抱怨那个劲儿，不如自己加把劲儿把自己给解决了。要不然就左耳朵听右耳朵冒，过完年回来自己该忙活啥还忙活啥。这世界上没那么多让你难受的事儿，就算你真是为了家里人絮叨你找对象这事儿闹心，也要记住，那不是他们的初衷。别管咋地，结婚成家终归是一个人最终的结局，家里人的连环夺命催其实也无非是想让你更早更快地接近它，实际上，你也确实应该为此努把力。今年一人儿回家，再有亲戚催你婚嫁的时候，你不妨冲人家乐一乐，说上一句："行，我努力。"

| 认 真 结 婚 |

据说去年和今年都赶上了年头好，所以身边怀孕的人格外多。无论是 QQ 相册还是人人网，之前的同学发出来秀的也都是自己的大肚照或是孩子照片。这些事儿之于我这德行的女青年来说只有一个作用，那就是提醒我：老大不小的了，再也没那闲工夫谈一场纯为了扯犊子的恋爱了。

如果非说择偶条件，每个姑娘都有得说。谈恋爱次数多了，谁还没几回动了真感情的呢？有姑娘是地道的外貌协会成员，先不管自己长相如何，选个帅哥是首要条件，起码现在拉出去不闹人眼睛，以后要孩子还能优化基因。还有姑娘找对象先从男的中间开始看，不是说直接就看命根子，而是看腰包，好像男的有钱就是第一生产力，当然，现在条件也可以适当放开一点儿，这男的没钱也行，男的爹妈得有钱，男的爹妈没钱也行，他家起码得有个两套房，这算是务实派。还有姑娘不看钱也不看脸，认为找个蓝眼睛大鼻子挎着出门满嘴跑洋话的主儿挺拉风，当然，要是嫁个香港或是台湾人也可以商量，再不济，找个海归的男人也能凑合，在她们眼里，哪怕都是黄皮肤黑眼睛，只隔一湾海峡那帮男的也总比大陆的糙老爷们儿强。

我们不能不善良地去评价任何一场婚姻是不是对的；我们也不能说，女方对男方要求过多，这样的婚姻就不值得被人祝福。说白了：就算你看着再不般配的俩人结婚，你送的红包都是跟别人一样厚的。实际上，只要人家两个人你情我愿，能把这段感情持续到天长地久，都把对方当成最爱的人，那这场爱情无论是基于经济还是基于物质，它都是一个完美的结合，我们都要对这样的爱情给予最真诚的祝福。

有这么句话，叫“只选对的，不选贵的”。对待婚姻和爱情的态度也是如此。男人，年龄、阅历、相貌、家境等，充其量只算他的附加条件，真正能决定他到底值不值得你终身托付的必要条件是：一、他人品如何；二、他对你如何，对你全家如何。

即便是其他条件再好，这男的人品不好，就是最大的糟心事儿。老理儿讲什么“嫁汉嫁汉，穿衣吃饭”。虽说今天女人赚的一点儿也不比男人少，但实际上，没有一个女人结婚是为了委屈自己，就因为当时一不开眼，选了不省心的男人，三天两头地给你捅娄子，你从此过上了操心和担惊受怕的日子。没准儿哪天这男人因为自己的品行锒铛入狱，你哭都没人看，只能怪自己当年瞎了眼。

有这么句话，叫“一物降一物”。每个女人即便是再胖，再臭脾气，再好吃懒做，只要男人给你撑腰，也有底气。这男人即便是其他条件并不优越，但他对你是真心实意的好，这也是他最大的优点，十分难得。

他能把你家的事儿当成自己家的一样上心，就是好样的。

说实在的，男人的长相不重要，年轻的时候貌似吴彦祖，等老了都是一脸苞米面儿褶子外加大眼袋。脸值几个钱？这没意思。看人家爹妈，但这男人幼稚，即便是万贯家财留给他，丫好吃懒做奢侈个几年也是个完。他现在做到什么职位也没那么重要，主要是看他有点什么本事，真要是找了个潜力股，那你的好日子在后头呢。姑娘你有本事可以旺夫，甭做什么美梦，真要是有身家上亿的，人家又凭什么娶你呢？

虽说现在离婚不稀罕，但实际上，结婚这事儿终归不是脑袋一热就干的事儿，还是要为这本儿负责任和付出代价的。有时候，一个人事业和生活未必成功，但家庭格外牢靠，也是牛 × 的一种。相反，有些人存款八位数，有房有车有公司，但一直茕茕孑立，白天的喧嚣一过，夜深人静，他的寂寞空虚冷不会告与你知。认真对待婚姻这事儿，擦亮眼睛多看看，甭赶什么时髦，结婚又不是比赛。有那力气真给自己找个对的，才算给自己以后积了德。

嫁错人，要你命

今天微博上都在说这么一件事儿：80后丈夫酒醉后与90后妻子产生争执，二十多刀砍死对方，二人新婚不久，育有一女，刚满百天，据死者朋友披露，这位年轻的丈夫是富二代，在与死者恋爱期间，就多次干出在外偷吃等事件，姑娘一直忍下来，后来该人变本加厉，动不动就对女友拳打脚踢，姑娘提出分手，他就痛哭流涕地跪下求饶。姑娘发现怀孕，丈夫顺势求婚，二人算是喜结连理，婚后丈夫依然在外野炮不断，最终导致了这场悲剧的发生。扔下了嗷嗷待哺的襁褓婴儿，一个锒铛入狱，一个殒命家中。

这终究是个让人心里不得劲儿的故事，对于大多数嫁人或是没嫁人的姑娘来说，这更算是个发人深省的故事。从死者朋友对二人之前婚姻状况的几句只言片语描述出来的简单生活片段里，我们就能再清楚不过地看到几个问题。首先，先说说早婚这件事儿，我不是说早婚这事儿不靠谱，我是说，嫁人这事儿必须多想想。女人有这么个毛病，她们经常会回头看看过去的自己，哪怕就是这个月，回头琢磨一下上个月干的事儿，其实也会暗骂自己一句傻×，这就是成长的力量。时间能让女人看明白很多人，也能明白自己到底要啥，同时也会让自己想明白很多当时死活想不明白的事儿。所以，如果你觉得你情商一般，又没有太多资本，同时对方又不是那么绝世难寻，那你还是别冲动结婚，冷静点也算给自己积德。

第二，老人有些理论虽然听着闹心，但还是有点实在意义的。门当户对这件事儿很重要。换句话说，起码两个人对彼此家境应该彼此尊重：家境殷实那方不会因此就觉得自己高高在上特别牛×，就因为这事儿觉得对方处处低自己一等，相对的，另外一方要确定，自己跟这个人产生感情并不是因为爱上他的钱，不然你肯定在婚姻里得不到足够的尊重，你对对方能做的也只能是唯命是从，因为你对人家是有目的的。嫁给富二代是很多姑娘现在最想干的事儿，但你要明白的是：富二代固然钱多，但钱并不是你老公自己一点一滴打拼来的，他最大的本事也可能只是吃自己爹的本事，况且你老公家里的钱也未必是他爹自己赚来的，说不定也是从哪儿来的，真要是摊上一个什么大事儿，他全家被反贪捣了，你哭都没人看。

另外一点，我要说家庭暴力这件事儿。简单来说，男人打你第一次，一定有第二次，这件事儿是肯定的。也就是说，他打你第一次，你跟他吵跟他闹跟他哭都没有用，他跟你哭他给你跪他求你也都无济于事，你要做的事情只有一件，那就是：跟他分手。你别以为自己真的那么牛×，别以为自己教育几句，眼泪几滴，甚至离家出走就真的能改变一个男人。狗改不了吃屎，这句话绝对不是骗人的，不信你就试试。

接下来要说的一点是：男人偷吃。我前几天看了这么个数据，大意是说，大约有七成的男性坦言，自己在婚后有和除了伴侣外的恋人发生性关系的事实。这数据未必危言耸听：位高权重的男人婚外偷吃是因为这是应酬之一，平常白领婚外偷吃是因为压力过大，屌丝也敢婚外偷吃是因为新鲜好奇，这些理由都成立，只看女人怎么看。不少男人在外面找姑娘，但内心从来没动过跟自己妻子离婚的念头，但这并不代表你的婚姻就幸福没威胁，猎艳这事儿是会上瘾的。如果你还是想不明白这件事儿，我就这么告诉你：第一，你不会永远年轻。第二，男人永远喜欢年轻的女孩儿。第三，永远有女孩儿比你年轻。这么说下来，你觉得你还有好吗？

最后要说的一点是：婚姻的细节。不少女孩儿觉得，自己既然跟对方结婚了，那差不多的东西能忍就忍了吧，不然怎么办？还能离婚是咋的？确实，夫妻之间需要宽容，但也得看是什么事儿。他打你你谅解，他出轨你谅解，你还想一脸苦笑地假装自己是他妈的贤妻？实际上，你这么干在男人眼里，就是一种彻彻底底的纵容。婚姻是平等的，没有什么谁说了算的事儿，谁说得对就听谁的。谁也不是嫁到谁家受气的，如果你觉得委屈，那你不要忍，你的忍就是纵容，你忍他一次，他一定敢照搬照抄第二次，你没法治他。别以为爱他就可以为他委曲求全，你只记住一点就行：这个世界上，没有人能重要过你。男人都是贱的，你要是真弄他，你就干脆给他弄个狠的，发个大招够他疼个十年八年的，做不到这个你就干脆放弃改变这个男人的念头。不是有这么句话嘛：你要是一枪打不死敌人，那你就干脆别抬手。

总而言之，我知道我叨叨咕咕地说这些并不能解救任何执迷于爱情的姑娘，人家还是为爱情大，爱到天崩地裂，我就是想给大伙儿提个醒，结婚、恋爱都是需要多想想的。别把自己交待进去，你想想，真要是找个不靠谱的，你嫁个傻 × 倒是小，关键是你犯不上被个傻 × 弄死。你被弄死了也没辙，但你想想你爹妈怎么活，你家没断奶的孩子还过不过。一切事儿浓缩成两句话：一、男人，外貌长相家庭工作全都不重要，人品不好对你不成，其他一切全没用。二、结婚嫁人这事儿稳赢了再下注。

| 儿 子 即 丈 夫 |

在婆媳这场博弈中，说到底，儿子即丈夫才是躺着中枪的那位，且中完枪还得充当垫背的。

我不知道作为一个未婚者来讨论婆媳关系合适与否，电影电视剧里把这么一个话题炒得不亦乐乎。我曾亲眼见证过多少对儿郎情妾意的感情因为媳妇总是过不了家里老太太这关，不得不吹灯拔蜡、一拍两散。两家从此便结下了血海深仇，自此老死不相往来。

去年曾经在某卫视做过一档关于家庭关系调解的节目。当中一场印象深刻：媳妇跟婆婆的家庭战役浩浩荡荡地打上了电视，媳妇率先张口，陈述悲苦命运，一张嘴“你妈当年”“你妈对我”“你妈成天”，婆婆闻听此言毫不让步，宛若小妻子，硬拿媳妇当了夹在自己和儿子之间的第三者。儿子即丈夫可怜兮兮地坐在俩女人中间，从始至终脸上只有一个表情，就是没有表情。

我要是男的，首先，在妻子的那一句“你妈”之后直接一拍桌子说“你妈”。俩人儿结婚这么多年了，谁他妈惯着你当着全国观众冲我们家老太太你妈你妈的叫，这不骂人吗？其次，婆婆总是有万般不好，她做的一点就值得你感谢她一辈子，她给了你最爱的男人生命。再者，你在怪罪婆婆不拿你当亲闺女待之前，你问没问过自己，你拿没拿婆婆当亲妈待？

必须承认，有一定比例的婆婆会夹在儿子和媳妇中间说三道四。当婆婆的心意可以理解，她见不得自己儿子受一点儿委屈，她总觉得别人照顾儿子没有自己照顾得好，她总是怕儿子有了媳妇忘了娘，所以就像小孩儿一样，用不停地哭闹惹人关注。劝您一句：尊重您儿子的选择。谁也犯不上没事儿添堵给自己请个活爹供在家里。换句话说，他自己就是真愿意请了个活爹在家，你也拿他没辙，人家乐意养活。

于是，浩浩荡荡的婆媳大战中，老鼠钻风箱两头受气的总是男人。男人请记住：在结婚之前，请带上女朋友回家见见妈，看这俩人到底能不能合拍，把矛盾解决在萌芽状态。听过一个真实的故事：某家婆媳不和，儿子即丈夫开始想辙：给媳妇买礼物，说是婆婆疼媳妇给买的；给妈买营养品，说是媳妇惦记婆婆给买的。某次婆媳一碰面，发现完全不是这么回事儿。俩人自然晓得儿子即丈夫的苦处，此后再无矛盾。

媳妇的智慧是：永远不要当着自己家爷们儿讲婆婆的坏话，这事儿你永远落不着好。从小爹妈就教育我们：自己的事儿自己做。有本事遇事儿自己解决，别让自己家男人夹中间为难。别内心里区分婆家娘家，你带着情绪去跟夫家相处，就休怪人家不拿你当自家人。

至于做婆婆的智慧，无非是睁一只眼闭一只眼。媳妇纵然千错万错，但一个理由就可解决：你儿子喜欢，那么一切行为都无可厚非。你要是觉得这姑娘不好，就长命百岁，亲自伺候儿子一生。不然就放心大胆地把儿子交给另一个女人，没亏吃。

富二代的婚姻

中国自古爱讲究门第出身，人绝不是单纯的个人，还要代表一个家庭。即便是结婚，娶一个女孩儿，也得遍访她祖宗十八代。家庭出身门第，一荣俱荣，换句话说，即便一个人狗屁不是，但她也很可能因为家庭成分高而地位飙升。换句话说，一个人再优秀，没有家庭帮你耀武扬威，不灵。

于是“富二代”这种神奇的群体就应运而生。仔细想想，好像我们身边都有几个富二代存在，他们没那么出色，甚至为人处世颇有一些奇葩，但是他们就是有本事在事业上一帆风顺，金钱源源不断，情场上销路不错，较之草根，他们的人生少了许多坎坷。作为富二代，他们也有过拧巴：开始还觉得，人家尊重你是为给你老子面子，有点不服。后来自己拍着脑袋想想，觉得即便是挣扎着奋斗一辈子，也比不过老子，还得活在上一辈的光环下，索性就吃个现成的，老人一出马，顿时工作安排好，姑娘不缺少，自己又何乐而不为。

之前看过一句话："我不是富二代，但我儿子是富二代。"作者是个屌丝，这句话成了他号令自己努力打拼的信条。自己摸爬滚打下来，累了倦了，想干脆这么不上不下地混着算了，转念一想，不成，我得当爹啊，我得造福下一代。我这辈儿他妈的天天受富二代的气，我必须绝地反击，让我儿子以后不过这样的生活。这确实是个够励志的理由。

钱，能恰到好处地弥补一个男人身上的各种不足，所以大多数女人都爱它。比如，觉得这男的比自己矮，又一想："可是人家有钱啊！"觉得这个男的好像太自我，所有人都得围着他转，又一想："可是人家有钱啊！"觉得这个男人以前太花，有过关系的女人能组成大学一个系了，又一想："可人家有钱啊！"这句万能句式成就了无数场看似完美的婚姻，但实际上的酸甜苦辣，只有当事人说得清。

举个例子，当年歌后邓丽君和香格里拉集团董事长家长孙郭先生两情相悦，定下婚约，后来郭少爷的祖母提了三项要求：一、嫁入郭家之后不许再唱歌；二、了断和演艺圈人士的所有联系；三、果断宣布退出演艺圈儿。实际上三点概括下来都一个意思：豪门看不起文体明星，嫌乱。于是邓丽君一气之下毁掉婚约果断分手，这种气魄，也只有歌后这种身价的人敢有。

最后说一句：两个人，如果门当户对，出身差异不至于天上地下，也还好说，如果一旦家境悬殊，一方必定是高攀，以后的日子可想而知。体面排场的婚礼或者金钱无数当然是给一个女人多年的青春爱恋最好的结局，王子和灰姑娘从此过上了幸福的生活，但实际上，你接下来要过的心惊胆战和看人脸色的日子，众人都可想而知。

| 结 婚 杂 谈 |

草长莺飞的时节又来了，身边的姑娘们开始不声不响地准备结婚的装备，手指上也套上了沉甸甸的钻戒，即便是她们都不说，眼角眉梢也依然能看出有些别样的喜气。都说爱情最美的时候是彼此将说未说之时，要我说，恋爱最美的时节就是当准新娘的日子：定了有人娶，又不至于被家庭琐事牵绊，何乐而不为?

都说现在中国开放了，不过有些看法还是亘古未变。好比说，在中国，一个姑娘赚多少钱，有啥体面的工作，穿金戴银乃至有个几十亿的亲爹都不能惹人艳羡，有个从一而终不离不弃的爱情，有个愿意最终娶你的男朋友才是幸福的标志。中国女人要的就是这么简单，所以，每次听谁谁谁跟我说你们女人势利又现实我就气不打一处来。

现代人都想得太多了，要如何如何才能结婚，非要轰轰烈烈，非要举座皆惊，恨不得举国同庆才算是大功告成。但实际上怎么结婚，啥时候结婚，结婚办得多大，到底怎么求婚这类问题都是形式，对于女人来说，其实需要想明白的只有一个问题，那就是：跟谁结婚。找对人结婚，什么形式都无所谓，享福的日子在后头呢。说句难听的，用八抬大轿来请你嫁给他的人未必能始终对你不离不弃，但谁也没说，那个婚礼办得不够排场的人就没可能对你好上一辈子。

于是有些人开始骗自己，想：他还是爱我，你看他花了这么多钱来娶我，这就是真爱。拜托，他愿意为你花钱只能说明他现在还有这么多钱，不能代表他一辈子都非常爱你。谁不得为了得到个东西花点本钱哪？更何况要让个大活人归自己个儿，下点力气不是应该应分的嘛。何必一厢情愿地认为这是爱的表现，你想没想过，他不见得是多爱你，他可能用这些钱买的就是你的青春？

前段时间，正赶上2013年1月4日，传说中的201314，无数年轻人把这天当成是黄道吉日，非要赶在这么一天喜结连理，仿佛在这一天领了结婚证，俩人的小日子就可以四平八稳，有上天庇佑。这种心情可以理解，相爱的时候，恋人眼睛里确实只有对方，但很少有人能一辈子都保持这种热忱，日子还是柴米油盐酱醋茶地过，没可能一辈子活在浪漫里俩人就能不饿死，一旦爱情进入到婚姻，涉及家庭琐事，舌头碰个牙是再正常不过的事情，轻了争吵，重了离婚，这都是可能面对的现象。日子还是自己过的，想靠着什么吉利的日子来解决问题显然有点幼稚。

结婚也许不需要任何理由。讲个自家的故事，我妈结婚年纪小，二十一岁嫁给认识了一年的我爸。原因不过是因为那会儿正赶上我外婆更年期，每天扯着她絮叨个没完，于是干脆选择嫁人图个清静。我爹我妈一辈子过到现在还是和和美美，拌嘴不断，大毛病没有，一样过一辈子。

我大学室友家是乡下的，死活看上个城里干部家庭的富二代，毕业怀孕，男的跟家里一商量，有了咱家孩子就是咱家人，照样把她娶回来，人家孩子现在都三岁了。当时无数人说她是攀高枝，说她势利眼，但实际上怎么过日子还是自己说了算。就这么简单。

结婚不需要那么多理由，不需要多大的架势，也不需要做多少准备，俩人相互觉得对方合适，时机合适就是好的。像那些恨不得在婚前算个生辰八字，算清楚结婚那天阴晴圆缺的人，你们真的相信他们真的就能不离婚吗？女人们，要记住：结婚是自己的事儿，不是皇历的事儿。

| 娱 乐 年 代 的 爱 情 |

两天前看娱乐消息说，维多利亚怀上了贝帅哥的第四个孩子，今年6月将再次当妈，下面留言上的祝福声一片，或者笑谈小贝能力不减当年。依稀想起1999年，两个人你侬我侬的时候，多少个冰冷的声音对这场常见的足球绅士与当红女星的组合当头棒喝，如今，喧嚣已经淡去，不再年轻的两个人渐渐成了众人心中的爱情楷模。

犹记得两个人刚好上的时候，贝克汉姆是长相多于球技，球场上的浑小子。维多利亚则是大红大紫的辣妹成员。如果按照中国传统的观念，维多利亚当时的资本足够嫁给弗爵爷，还要叫作委身下嫁。如果真是这样也就没有贝嫂的今天，也就没有众人眼中的神仙眷属，维多利亚是聪明的，成就了小贝“时尚教父”的称号，她甚至甘心为了自己的男人相夫教子。这是何等魄力。

没有任何一个人说，恋爱这样一件事儿需要门当户对，可是我还是看到太多的人为了金钱赴汤蹈火，把自己的耀眼青春和美好希冀打包整理，付之一炬。男人辛劳为博红颜一笑，红颜却为金钱纵情卖笑。也许这样一句话纵然赤裸，但是依然是解释许多女明星甘愿打扮得花枝招展带着鹅蛋大小的钻戒满脸浪笑，躲在一个秃顶矮胖子的臂弯里巧笑倩兮，人前一脸幸福状，人后两行辛酸泪。

富豪们图漂亮女明星什么，实在是路人皆知。他穷困潦倒到只剩下钱，貌不出众，学识不丰，亟须一个漂亮的幌子昭示路人帮助他撑起门面。即使基于为第二代容貌的考虑，也需要从源头上中和及改善一下拿不出手的基因，若是生了男孩儿随了娘的长相，那更称得上是皆大欢喜。

女明星图富豪什么，小谋略也显而易见。她实在平凡，除了容貌。没有出众的家世，没有耀眼的前景，每天忧愁于新星太多，自己随时可能沦为明日黄花，亟须抓住一根救命稻草，即使自己在演艺事业上已经被打入冷宫，但是依然不耽误自己成为一所豪宅的女主人。世间之事难两全，索性不要求对方的容貌是否体面，一双秋水般的眸子忽闪忽闪，直勾勾地盯上了那厮的钱。

综合上面两段，所谓的珠联璧合，所谓的在某次合作里面产生了情愫爱恋，概括成几个字，无非是：你情我愿。

可是昂贵的爱情呢？阔绰的男人除了票子能给女人的还有什么？是夜夜不归惹下的先是敏感脆弱接着自甘堕落的神经。妩媚的女人除了面子能给男人什么？是大笔付款的账单和日渐老去的容颜。两个人都把离婚挂在嘴边，哪里还有什么欢乐和浪漫，凭什么所谓的虚荣折腾得自己夜不成眠？

想起娱乐圈的另外一对金童玉女，经过了风风雨雨，两个人家境类似，算是真正的门当户对，从当时的分分合合，到后来的终成正果。到婚后的艳照门这场轩然大波，也没有人对犯错的两个人纠缠不已，谁没有过年少轻狂，都过去了，谁也不能耽误谁的幸福。

相比之下，我倒是更希望多见到一些这样的组合，不光是赏心悦目，而是两个人的爱情光环根本挡不住他们火热的真情。至于人前秀钻戒，生怕他人不知自己恩爱的做法，相比之下显得太过单薄脆弱。爱情不是虚荣，爱情不是途径，如果你尊重爱情，你才能得到爱情的尊重。

当然，你也可以凭借金钱或外貌利用爱情，但是请你明白，你这是自作聪明。

| 巨 婴 |

最近听来了一个词，叫妈宝男，说的是一男的，即便年纪一大把却依然还是妈妈的好宝宝，什么都听妈妈的，妈妈永远是对的，诸事以妈妈为中心。这类男性一般都缺乏主见，没有自信。他们的人生路线也基本由妈妈设计，在母亲眼里自己的儿子永远是个小朋友。

与之相对的是另外一个场景，那年龙年，据说年头好，于是无数年轻男女为了喜迎好日子匆匆忙忙地结婚，再匆匆忙忙地备孕，怀孕，生娃，生怕晚了一步延误下一代的人生发展。最严重的时候，我曾经在一天里赶了三场婚礼，也曾一个月内送出去一万块钱的婴儿百天红包。我能做什么，不给人家钱？人家大喜的日子给人家添堵不是那么回事儿，给人家大红包？自己一个月就得喝西北风。我记得当时那个月每参加一个婚礼或者一个满月酒我就咬着后槽牙心里暗暗想：妈的，等老子结婚有崽儿的。

其实结婚生孩子都不要紧，热闹喜庆一天也就算了，起码不扰民。

我特别烦那些从怀孕开始一直到孩子能满地跑了，一直都要不舍昼夜地在微博上秀爱子照或者育婴指南的妈，每天围着孩子转，跟人聊天的话题全是孩子如何如何，恨不得从孩子出生前就开始考虑如何顺风顺水地把他培养成清华博士，好像孩子去了清华以后就能吃香的喝辣的永远不当杀人犯。又好像全世界的女的只有她会生孩子，别的女人都没这项基本功能一般。四个老人一个老公伺候你还不够，生个孩子而已，又不是生个什么团团圆圆。

可以想见，这样的女人假以时日，便又是一批极品妈妈。接下来会是全世界的小朋友中只有自己儿子最棒，再接下来是全世界的小女孩儿都该喜欢自己的儿子，再接下来，就是自己的儿子除了喜欢自己之外，还能勉强喜欢哪个姑娘呢？再再后来，是自己的儿子怎么每天晚上跟那么一个讨厌的姑娘睡在一起了呢？再再再后来，是那个姑娘好像也没那么讨厌，她又给我生了一个天底下最最最棒的大孙子。如此往复，历史重演。

太要强的女人容易孕育妈宝男，她们生怕别人看不起自己，信仰自己家树上没烂梨，凡事儿必须自己好，还喜欢吹牛皮。好面子的背后是根深蒂固的自卑心理，生怕被忽视，生怕被超过，生怕年华没给自己留情，匆匆匆匆就年入花甲，恩宠不再。这样教育出来的儿子，要么是凡事儿懦弱，唯命是从的尿货，要么是处处拧着来的问题少年。当你责备自己命运不好养活个儿子不省心的时候，你想没想过，是你一手锻造了这个家庭如今的歇斯底里。所以我说，娶这么个女人，倒霉的起码三代人。

我听过男人背地里研究说过这么个事儿：找女人之前，先看看女孩儿她娘，这个女人的身材就是你媳妇二十年后的身材。其实换言之也一样：找男人之前，先看看你未来这个男人的母亲，往大了说，她的脾气秉性，性格爱好，都是你丈夫骨子里的本性。往小了说，她生活习惯如何，是不是爱操持家务，这些都会直接地反映在即将跟你生活在一起的这个男人身上。选男人不要选妈宝男，因为你很快会发现，你永远等不及他长大，他永远活在母亲的宠溺下。喜结连理那一天，你要知道的是：今天的你不光嫁了他，还等于给自己娶了个婆婆。

我大致可以理解一个妈爱儿子的心，这一点天经地义，谁要是怀疑谁就不是亲妈养的。但我也知道，任何事情都得有个度，你爱你儿子，你儿子也爱你，但你要明白，这种爱一半是依赖，一半是尊敬。儿子在你眼里永远是年轻人这不假，但是也请不要忘记他的出生年月。他是你生命的延续，但是他可不是为了你活下来的。你会老去，你儿子会长大，这一切再正常不过，想用你的力量去阻碍岁月绵延这条路，看上去颇像螳臂当车。顺其自然吧，岁月虽然一路走得匆匆，但如果你对它心生敬畏，它还是不会玩儿死你的。

希望再没有这种让人哭笑不得的社会现象：母亲认为儿子永远最正确最英俊年年十八岁，把儿子的女人都视为情敌果断击退，顺便一厢情愿地认定自己就是三十出头的美妈。没本事返老还童只好骗自己骗儿子闭目塞听，时间不等人，最后的最后，她和儿子俩人各带一脸苞米面褶子紧紧相拥，当媳妇又当妈，到老死都认为自己算中年暴毙，儿子则是襁褓期夭折。这样的人生倒像是一场欺骗，骗了儿子，瞒了自己。回头想想，图什么？

| 男 人 的 颜 色 |

其实不同年龄的男人也可以用不同的颜色来形容：二十岁的男人是黄色的，意气风发，阳光灿烂，什么事儿都有着一股冲劲儿，好像天下的事儿全在他掌握中，完全没什么在乎的。有点扎眼的意思，明晃晃的，有时候仔细想想，年轻小男孩儿也怪可爱的。这年头，直来直往的男人不多了。这样的岁数，生活中的挫折遇到得少，所以二十岁左右的男人对待爱情的态度实在是有一股轴劲儿的，认准一条道跑到黑，谁说都不行。二十多岁的时候，男人玩儿心太重，夜场酒吧 KTV，好像完全是个交际小王子，搭讪姑娘泡妞一夜情也多发生在这样的年龄。说白了，无非就是有无数的荷尔蒙不知道发泄到哪儿才对。在性上尤其如此：他们在床上冲劲儿十足，传说中的一夜 N 次郎基本都在这个岁数，刚尝到那事儿的滋味，又体力无限，好像一夜征战多少次都不嫌累。所以我把他们说成是黄色，像闪电。我不是说他们快啊，我是想说，二十岁的男人最耀眼、直接，又能直逼人心。

时代不一样了，记得在我年纪小的时候，觉得男人三十岁是个老大不小的岁数，好像这时候的男人孩子都应该快上小学了那种。不过现代人忙，婚事和爱情也一拖再拖，有始终忙得顾不上找对象的，有找了对象始终不想结婚的，还有结婚了三十岁都已经离婚了的，总而言之，现在在街上再遇上一个三十岁的单身男青年，好像谁都不觉得奇怪。听说男人三十岁的时候，性能力达到顶峰。实际上到底是不是如此我不得而知，因为谁也不能保证每个人都是这样。我总是觉得，三十岁的男人是红色的，激情似火，但又有了点心理的沉淀。他们很少再脑袋一热就去做个什么事儿了，他们也能静下来思考，甚至有时候宁愿喜欢一个人待着也绝对不愿意去夜场满场乱窜，即便是泡妞儿，他们也开始找点有层次的妞儿。不再迷恋于传统意义上的大长腿或者大胸脯。他们开始知道自己喜欢什么样的女生，不信你可以仔细看看，三十多岁的男人，很少再骑着大马力的摩托拉着个姑娘满街疯跑，也很少觉得身边莺声燕语是个光荣事儿。

至于四十岁的男人，他们是咖啡色的。有不少女孩儿专门喜欢大叔，就是因为他们有见识，浮浮沉沉都见识过。工作中磨炼的二十年，让他们遇事多了点稳重，也让他们多了不少家底儿。故事和钱是男人最好的化妆品，这俩东西伪装不来。少年假装老成的也有，但姑娘不会傻到看不出，傻大款也有不少，但不少姑娘不吃这套。这就是大叔的魅力，女孩儿总是缺乏安全感，这样的男人正合胃口。只是有一个问题，这时候的男人在感情上有几个特点，喜欢吃嫩草，在自己青春不再的时候，年轻女孩儿成了他们的主要猎物，另外，这样的男人一般都有过婚史，经历过大起大落的感情变故，他们对待爱情很可能已经缺乏激情或者干脆学得油腔滑调，如果没有点心眼的姑娘，还真是应该三思而后行。

年龄会让一个男人有些本质上的改变，但这样的改变其实都是破茧成蝶的过程。我们需要相信的事儿是：男人的本质不变，也就是说，基本的人品和性格，时间很难改变。只不过是因为阅历增添，岁月增长，男人可能学会按捺或者伪装，也有可能从内心中发现谁才是自己真正需要的和自己真的爱的。女人能明白的事情其实很简单，那就是：无论哪个年纪的男人，其实都是用来被我们爱的，前提是只要你选个好人，这最重要。

| 嫩 草 不 好 吃 |

最近频繁听到一群男人凑在一起相互安慰，说什么男人离婚了才值钱，现在小女孩儿都好老男人这口儿。男人这种生物离婚了几次身价就会翻几番，年纪越大越有市场，诸如此类。我不算年轻小妞儿，倒也跟老不沾边儿，嘴又黑，接下来原谅我破口大骂，告诉男人们女人的真实想法。有些姑娘并不是爱你所以才不骂你，而是她不好意思，但，我好意思。

年轻小姑娘总是觉得年纪大一点儿的男人能给她们讲很多故事，能帮她在未知的人生路上少走弯路，会给她们安全感。小女人喜欢年纪大的男人，就像襁褓里的婴儿喜欢听大人讲故事才能入睡一样，但她们可不是非老男人不嫁。换句话说，婴儿如果没有大人给讲故事，他也绝不会一夜一夜地瞪着眼睛就是不睡。任何一个男人都要牢记一点，哪个女人都不是只有你一个男人可嫁的。

能成功泡到年轻小女孩儿的老男人大致分几种：第一种是外貌协会

钟爱类，也就是说，男人长得不错，年轻那会儿是个花花公子，年纪大了玩儿不动了，眼角添了几条皱纹，但依然有不少小女孩儿主动套近乎，为的就是那张赵文瑄式的脸。旁人一问，说你找那个大自己二十岁的男朋友啥模样？领出来给大伙儿瞧瞧。起码带出去不给自己丢面儿。

另外一种是干爹类。年纪大了，时间流逝没给他们带来长相也没带来啥故事，不过好在有钱有权，总有些姑娘怀揣一颗少奋斗几十年的心找这么个男友，面带笑容献上自己的青春。不过你很难说这样的情侣关系里，谁对谁是真爱，不过倒算是双赢，女孩儿得到的是吃穿不愁，生活上走个捷径，男人得到的是青春的身体和自己被感染了的年轻的心。

再有一种，是劳动所得型。自己年轻的时候艰苦奋斗，身上阅历满满，故事多多。时间不光带给这样的男人成就，也带给这样的男人魅力。他们年轻的时候并非滥交的人，也不爱勾引姑娘，常常不卑不亢，举止得体，他们品位不俗，喜欢品质生活，得到他们的姑娘通常也是个小资，他们就像猎豹，嗅到自己喜欢的味道才会主动出击。

能泡到年轻女孩儿的男人，大约只有以上三种。这几种男女搭配符合一切自然定律，看上去也符合大众审美，各取所需。然而，社会上的大多数男人都会找和自己年纪阅历相差无几的女人，像朋友又像是爱人，生活在一起省心又省事儿。老少配的虽然近几年行情不错，但终是少数。换句话说，没那金刚钻儿，就别揽那瓷器活儿。男女都是。

男人都喜欢嫩女，这无可厚非，男人到了一定岁数都想重回二十年前的生活，这不是错。但，当你想对年轻女孩儿蠢蠢欲动，或者是一厢情愿地认为女人就爱老男人的时候，请先顾影自怜，自己都有啥硬件儿。如果镜子里的自己只有将军肚一坨，事业一点儿，脾气一丈，大脸一面，皱纹一堆，票子一张，牛皮一筐，那我劝您，还是珍惜眼前人为好，如果能有一个女人不在乎你什么都没有，不在乎你是个空想家，不在乎你的臭脾气，不在乎你吹牛 ×，只想跟你老实过一辈子，那她就是活菩萨。你再生二心就等于自寻死路，踏踏实实地享受现有的安定生活比什么都强。

嫩草没那么容易吃，泡到不容易，一旦得了手接下来的工作更艰辛，你能跟人家过一辈子吗？你能负担得起责任吗？你有那么多的余粮吗？你有那夜夜鏖战的身板儿吗？你能负担得起工作家庭小妞儿皆不误的三国演义吗？外遇没那么好玩儿，年轻姑娘就像个山芋，闻起来香喷喷，拿到手里却能把你烫个半死。老老实实地过吧，谁也不会瞧不起你，甭看着谁谁谁搂着大妞儿流哈喇子。你能看到的永远是他的老当益壮，他老泪纵横的样子永远不会告诉你。安息吧，叔儿。

| 好男人不分年代 |

闲来无事看了几集有“古代装束，现代情怀”之称的《唐朝好男人》，感觉有点意思。自古以来，到底什么样的男人才算是好男人，女人通常会找什么样的男人做丈夫本身就是个难解之谜。把一个屌丝男青年搁在现代很可能是个根本不被大家重视的货色，不过把他扔进唐朝的环境中，随着一系列不着调的故事情节，整个人物也就活泛了起来。

每个人都有忍无可忍无须再忍的时候，每个人都有被现实逼得死去活来痛不欲生的一刻。没有人有时光机，人们只有在梦里才能彻底离开这些现实，大踏步地迈入唐朝生活。主人公王子豪就是这么个幸运儿，远离时事不但让他轻松抛开了所有拧巴的现实，甚至还有了房有了老婆，有了显赫的家境和地位，面对突如其来的惊喜，男主人公用最快的速度适应了下来，甚至做得游刃有余。面对妻子，王子豪关怀备至，时时能给对方带来点惊喜。妻子被蚊子叮咬苦不堪言，他发明了从现代花露水改进而成的九花玉露液；发觉妻子每个月饱受姨妈折磨，他就制作了现代的卫生巾给她用。媳妇被这个失忆之后性情大变的丈夫哄得高兴到不得了。实际上，他自己倒是觉得，这些小事儿都是理所应当，做个好丈夫似乎也没那么困难。

女人就这么幼稚好答对。对于大多数的女性来说，丈夫到底能赚多少钱，到底做了多大官，这些跟她们一点儿关系都没有，这并不是她们追求的终极目的。一个男人若是地位显赫，日进斗金，但每天只知道荒淫无度，游手好闲，八成也没有人能跟他过上安生日子，更不用说把幸福这么关键的事儿交代给他。聪明的女人对男人的要求简单得很，她们只需要这男人对自己好，能真心实意地把一颗真心用在自己身上，这就足矣。哪个女人不想要自己伸手够一下就能拿在手上的幸福日子？谁会拼了老命也要去夺那些八竿子打不着的奢华生活？常常听见不少男人唉声叹气，说女人要得太多了，忒麻烦，好像永远无法满足。兄弟啊，你在百转千回为了这么一点儿事情就烦心不已的时候，你问没问过自己，你自己又何曾用了真心放在你的女人身上？就算她对你的期待过高，你根本无法企及，你也不该怒喝一声告诉她："老娘儿们，你别做梦了！"同样一句话，你变个说法，告诉她："亲爱的，我正奔跑在为你我未来幸福奋斗的大道上，给我加把劲儿吧。"她看着你为她为这个家庭在拼搏，她会比看到钱高兴。

回过头来再说说，到底什么算是好男人。对女人好？给女人买礼物的就算是好男人？也不一定。即便同样是送礼物这么个事儿，送什么礼物，什么时候送上这份礼物都是技术活儿。懂得女人心的男人更容易选对礼物，送到女人心坎儿上的礼物才能让女人记住你的好。这就是一个男人聪明和体贴的表现。

当然，这剧里的男主人公未必是一个完美无缺的男人。他也有自身顽劣的性情。比如，和所有男人一样，他也惦记着纳妾，他也会贪玩儿甚至乐不思蜀。但这些跟他为妻子和家庭做的努力相比，都被认为是可以原谅的小事儿。聪明的男人懂得扬长避短，男主人公就是一个典型的成功代表。或者换个角度说，一个男人如果能让媳妇对自己死心塌地这不奇怪，不过如果连家里的丫鬟都对他情有独钟，那就证明这个男人确实有点特殊本事。更不用说到后来那个什么兰陵公主都能与他暗生情愫，这足以证明，这哥们儿堪称女人眼中完美的男性形象。

没有人要求男人做得完美无缺，也没有男人能够做到完美无缺。男人总是觉得女人麻烦，或者对自己的要求越来越多。实际上，女人并没有那么蠢，她们给丈夫提出那么多看上去就像在扯淡的任务，丈夫不但会心生不悦，自己的愿望达不成本身也不是个快乐事儿。倒不如从一开始就选个长点心的丈夫，不用操太多心不说，以后享福的日子还在后头呢。这大概也就是为什么现代社会中的女人渐渐开始不在意男人的职业家境长相或者地位，因为她们知道，这些所谓的硬件其实都并非属于自己，也绝对不是什么婚姻幸福的保障。她们知道，只有这个眼前人才是婚后自己的固定财产，给自己选个好人才算是个上佳之选。

让女人感动的好男人都能把爱心付诸细节上，用点滴的事例来感动女人心。女人有时候会性子急，有时候脾气不好，但作为男人，你要记在心里的是：女人是这个世界上心最软的动物，只要你几句好话，她们就能记上一辈子，反反复复念叨你的好。你对她们好一点儿，她们就愿意为你奉献所有真心。

我说姑娘，别那么着急就欢呼雀跃地告诉所有人，自己找了个举世无双的好男人。好男人没那么好寻，找个爱你优点的男人不难，难得的是你的优点缺点他都看在眼里爱在心上。结婚对于一个姑娘来说，也绝非难事，但实际上，恋爱后或者婚姻中到底幸福不幸福，这里面的滋味只有你自己能分辨，别草草地把自己就这么打发了，给自己找一个真正有爱的男人，这不光关系到你的体面，实际上，也关系到两家人的幸福体验。

| 女性逆生长 |

似乎每个女性都有一个不老的梦，尤其在年过三十以后，不过年龄对于女人却实在是毫不留情。我还有若干年才到三十，不过每当想起这个年纪，还是会被吓得魂不附体。前些天，看了某化妆品的广告，大概是说，女人年过二十五岁之后，生活会发生巨大变化，第一个孩子，第一道皱纹，听得我嗤之以鼻。有那么严重吗？等到某天无意中在镜子里真真地看到自己眼角出现一丝细纹的时候，顿时觉得一切都不是危言耸听，当天下午就出门，重金给自己买了一盒 LA MER 才算安心。

做时尚杂志编辑和作者这么多年以来，大腕儿见了不少，美女更是不胜枚举。当年叱咤风云的，或是今天红得发紫的，无一例外。我可是眼睁睁地见过平日镜头前肤白貌美气质佳的主儿，台下都是怎么保养自己的。如果说，容颜对于女人来说是本钱，那么对于女明星来说，就是财路了。中国什么都缺，就是不缺人，娱乐圈更新换代实在是快，如果当真怠慢了自己的一张脸，那么也就等于是砸了自己的饭碗，容颜尽失，下场就是在自己还没红透的时候，被一个初来乍到的新人全面取代，后悔都来不及。

当然，现代科技发展到今天这个程度，去做个整容也没什么稀奇的。我有个闺蜜，医学硕士毕业，最大的本领就是一眼能看出，对面那个漂亮姑娘到底是天生丽质还是后天易容。用她的话说，整出一张年轻的脸似乎不难，绝对能暂时挡住岁月掠过的痕迹。但就是耐不住时间，等稍微一怠慢，所有曾经施重金抚平的皱纹会在几天之内全部爬上面颊，猝不及防。所以，最好的整容方法只有一个，就是自己保养。

睡个饱觉，多吃水果，饮用温水，常做运动，再如此这般说下去，我倒觉得我像是电视上的养生专家，一切皆是老生常谈。不过如今，科技是发达了，谬论也越来越多，我就曾无数次听人说过，洗脸要常用凉水，四季皆是，这样能让皮肤紧绷，实际我问过了若干个化妆师，他们告诉我的是要用温水洗脸，这样才能防止皱纹侵袭。

女人，想要年轻的方式说起来倒也简单，就在于一个心态。你心里想年轻，你就一定年轻。心态是最好的化妆品。每天因为琐事大动干戈，或者每天熬夜到凌晨，不然就是夜夜笙歌，烟酒不离手，这样的生活方式纯粹是嫌自己还不够老。凡事儿想开点，自己最能救自己。有个大度的胸襟，疾病少，衰老也就少。别总图着找个帅哥，长得帅不当饭吃，不管年轻什么样儿，老了都是一脸褶子。找个真正知冷知热的人混一生，起码自己不委屈。幸福也能让女人年轻，起码自己受了委屈，有个人能给你撑腰，起码自己半夜加班回家，有个人在漆黑的楼道里接你，回到家里，床头柜上摆着一杯袅袅的绿茶，有这么个人护着你，干啥都有底气。

想要长生不老不大可能，但实际上，你能做到的无非是尽可能对自己好。你自己越是护着自己，别人自然也就越不敢欺负你。如果就连你自己都觉得，我偶尔一夜不睡不打紧，那不光是外人，就连皱纹也会欺负你。不少女明星，看上去有多么光彩动人咱暂且不说，毕竟保养和化妆不是咱们常人可以比拟的，但你看看人家的心态，凡事宠辱不惊，这种心态，想老都难。上天也是公平的，谁不希望一个胸怀大度，又有幸福感的人长生不老呢。

| 香 水 病 |

我患有严重的香水病，这种病症大多数女人都有，无药可救，病入膏肓，却不以为耻反以为荣。

我妈非常不理解我总是莫名其妙地带一些造型怪异的小瓶子回家，偶尔她看到购物小票上的价钱，会瞪大她那一对儿杏核眼，然后很严肃地跟我说：你要是有钱没处花，可以给我买衣服什么的。我问她，为什么衣服就比香水儿有价值，她说，衣服是可以看得见摸得着的，可以让所有人看见的。而香水，飘浮在你身上的时候并不具象，或者换句话说，你只是花了个不菲的价钱，买来了一种味道。

我妈显然不知道玛丽莲·梦露曾有一句名言："晚上睡觉我只穿CHANEL No.5。"这样算来，香水也成了一件衣裳。而且是四季皆宜，穿起来别具一格，别有风情。

换句话说，女人之所以迷恋香水其实不难理解。她们都是感性动物，相比于男人，她们对气味显然更敏感，她们更容易记住一个人或者一个地方特有的味道，甚至会用记住一个人身上的味道的办法，作为这个人留给她的第一印象。以至于某次再跟女人讲起谁谁谁的时候，她脑子里并不一定会出现那个人的脸，耳边也不一定会浮现出那个人的声音，但是，她会突然像闻到那个人身上的气味一样，突然记起和该人的会面。

香水是我最喜欢收到的礼物，瓶子漂亮，气味特别，而且很多瓶瓶罐罐都会有一个属于它自己的名字。大学的时候非常喜欢Lancome的“奇迹”，这是一款味道甘洌，感觉倔强的女香，硕大的一瓶倒并不算很贵。当老师的时候选择了雅顿不温不火的绿茶香，它的味道一定不是最能吸引人的，但却是最中规中矩的，老少皆宜。之后用“红门”，因为喜欢它的包装。到现在非常喜欢Lanvin的小紫瓶儿，味道实在是甜，可能是意识到自己已经快老了，依然不幸单身，于是格外想念甜蜜的味道。某次曾经收到出差沪上的男性朋友送给我的一瓶CK香水，我说我并不喜欢玫瑰味道，闻起来头晕，这位朋友表情很无辜地告诉我：“丝芙兰的店员告诉我，这瓶香水名叫‘迷情’的时候，我就决定把它买给你。”后来，我把这瓶味道浓烈的香水当作失眠药，一闻就晕，旋即进入颠三倒四的梦乡。

女人对男人身上的味道非常敏感。我曾经在年轻的时候深深爱过我的男同学，那个时候香水对我来说还是绝对的奢侈品，不关心也不敢想。但是我始终记得这个男孩儿身上带有一股很清淡的味道。后来不经意发现，那种味道来自于妮维雅的香皂。从此，我就对这个味道念念不忘。再比如说，我总是对不用香水，但是衣服上有碧浪洗衣粉味道的男人心怀好感。这样算来，我的鼻子和我，都是严重敏感的矫情患者。

这种臆想和敏感并不抽象，即使上升到爱情也一样。想象在床上，两具味道不同的身体炙热交缠，然后终于合二为一，最终把身体的味道混杂统一。这样混合而成的甜蜜的味道，我们就叫它爱情。等到升腾出另外一个生命，甜蜜里于是又添加了丝丝奶腥。我想，这就是生命。

| 女 人 与 车 |

就像所有女人生来就懂感情、奢侈品、化妆品一样，男人生下来就会对数码装备、政治和车感兴趣。这是物种的区分，我的意思是说，其实女人不懂车。

拿我来说，我不算懂车，但我已经算是女性中懂车比较多的一个了。这还要得益于我工作在男性杂志的缘故，我脑中的固定品牌其实也只有那么几个，除了奔驰宝马保时捷英菲尼迪捷豹奥迪大众福特雪佛兰马自达奔腾之外，我也不认识太多的汽车牌子。女人看车的智商只停留在最基本阶段，比如，她们会认识每个品牌的车中最基本的几款，最简单地说吧，你把一辆 Q5 停在她面前她可能认识，但是转头来就会问你，TT 是哪个牌子的车型。别为她们的智商着急，这就是她们的水平。

大体看上去，你还会觉得女人选车，归根到底还是在挑贵的选。她们也会把车当成是一个男人身家的标志。我听说过这么个说法，大意是说，在夜店，你只要把车钥匙往桌子上一拍，今儿晚上就一定有妹子愿意跟你主动搭讪，甚至可以共度春宵。这种说法当然有些夸张，不过这倒显示了大多女人在车这方面的基本态度。她们认为有车的男人未必是个高富帅，但起码不会太穷。她们也没时间甄辨到底是什么车型，到底车是自己的购置还是公家的车，跟那些在酒吧给姑娘要几杯血腥玛丽都觉得消费高的屌丝比,她们还是宁愿选择前者。总而言之,她们的态度是：宁可错杀一千，绝不放过一个。

什么人开什么车，这话倒是真的。想想看，一般开甲壳虫的都是些文艺女青年，相比之下，开个科鲁兹的姑娘大多是经济适用女。大多数女人起码会觉得，一个开卡宴的男人才算是自己的理想标准，但是大多数女人最终还是嫁给了那个开 CC 的男人。就像选车一样，女人虽然声称自己挑剔得天花乱坠，但实际上到了最终抉择的时候，她们还是保守派。因为女人即便是再笨，她们也明白这么一个道理，那就是：如果一个男人有能力让自己开个 X6，那么他也肯定有能力让自己的副驾驶位子上坐的女人不仅仅有一个。是的，面对终生选择的问题上，女人总是有出乎男人想象的冷静客观和理智。这大概也就是不少男屌能娶到女神的主要原因。

女人怕麻烦，她们总是想找个能让自己省心的东西在身边。比如车，她们绝对不愿意出大价钱买个贵得要死的车，然后保养和维护就要花掉好多金。这就像她们选男人，她们也绝对不会费了好几年的青春终于追来个花花公子，好容易把人圈在自己身边，但是心不知道跑到哪儿去喝下午茶了，接下来要怎么才能让他浪子回头，怎么才能让他对自己执迷不悟，这实在不是个容易的工作。无论对于男人还是女人而言，大多数人需要的，其实还是安定。

其实女人选车的态度就像选男人。车终究是个装饰，它不是决定力量。你可以随时随地换个车，从简单的蒙迪欧变成路虎揽胜，但再怎么善变，也没有人有本事三年五载就换个伴侣过日子。车当然能让你的生活变得更好，就像男人的女人和女人的男人一样，都是能让自己生活开始变得彻底不一样的必要条件。车不是你我炫富的资本，爱情也是，但它们可能成为我们奋斗的最终目标，就像我们执着地爱着一个女神，也许最后她就真的放弃了那些所谓的物质男，选择了你这样一个用真爱取胜的保守派。

| 男摄影师 |

大多数男人其实并不喜欢摄影，他们觉得有买单反相机那几万几十万不如攒着买房子买好车或者买春来得实在。不过一旦是为了拍大姑娘，那这一切得另当别论。

讲个真实案例：我有个朋友，自己平常有主业，业余爱好开了个影棚。小本生意，也接拍艺术照婚纱照或者一寸照片养活生计。认识了不少质量不一年龄不等国籍各异的模特。后来，我这朋友发现，不少人都对手边有一大帮姑娘资源这事儿很感兴趣。于是他心思一转，想出了个主意：开始组织摄影活动。每周都会在某摄影爱好者网站上发布活动消息：相约某天大家伙儿下班之后的晚上，聚在影棚里拍摄大姑娘，附带在帖子上发布模特图片一张。发帖不久，响应者无数，纷纷操着家伙前来艺术创作。每个人收取一些拍摄费用，当中分一部分给大老远赶过来风尘仆仆宽衣解带的模特，剩下的，基本上塞进自己的腰包，算作收成。

我曾经去旁观过几次我朋友主办的类似活动。参与者大多是一些年纪在四十岁往上的叔叔。他们有着自己固定的主业，平时上上摄影网站，给自己买个单反，每到周末的时候经常大包小裹地带上工具，千里迢迢跑出来专门参加这种摄影活动。拍摄完毕，几个人凑在一起，相互吹捧，鼓吹拍摄技术与日俱增。坚信自己就是这全宇宙最好的摄影师，把自己拍的大姑娘照片贴满网站，觉得自己已经成了一颗摄影界冉冉升起的新星。

男人爱女人，这事儿天经地义。好色的原动力是因为体内雄性荷尔蒙鼓动，这未必是个缺点。某次旁观这种活动，模特拍摄过程中在角落里换衣服，竟然有若干位叔叔摄影师围在周围，举着相机拍模特换衣服的裸体。拍好了之后，觉得这就是这次出来拍摄的最大乐趣，几个人凑在一起把拍到的换衣服裸体照片拿出来一一品评。在一旁看着的我心里很是奇怪：四十几岁的人还拿这事儿为乐，难道是前半生没见过姑娘吗？

不是我少见多怪，人家姑娘出来拍片子，不是出来跳脱衣舞。

在外太空爱你

外星人退役了，我知道你名字的时候，距离 2008 年刚好过了十三年。

十三年的时间，我从一个萝莉成长为一个御姐，而你从一个当红球员成长为一个球场之外的观众。你说你不会当教练，我不知道你说这句话的时候是不是心有遗憾，我只知道，得知这个消息的那一刹那，我觉得，一个时代结束了。

2008 年的小浣熊球星卡，我和每个同学一样，执着地想要得到一张印着你咬着手指头嘴角带笑的卡片。然而回过头想时，竟然发现，整整一套一百张的球星卡，时至今日，我只能清晰地记起你这一张的表情。这或许并不表示我的记忆力太差，只能表示，你留给这个世界的印记太深。

最佳球员、金靴奖、三届足球先生……你或许经历了每一个球员所能攀登到的所有巅峰，只用了短短几年，你等不及，你等不及时间在你身上留下烙印，你保持着足球运动员最快的百米速度，你像疾风一样掠过人心，即使你匆匆离开的时候，人们也来不及唏嘘，人们只是说：外星人，终究会离开这个星球的。

宣布退役的时候，你还是哭了。“过去几天，我像个孩子一样一直哭，我的身体不行了，尽管还想再坚持下去，但身体已经无法承受比赛之重。”罗纳尔多最后说。看完这句话，我突然觉得，岁月还真是一把杀猪刀，烈士暮年壮心不已的万丈豪情并不发生在绿茵场。

说这些话的时候，你倒是像一个无心犯了错误遭了责备的孩子。我相信你的每一滴眼泪都是源自真心。之前的若干年，你曾经几次三番地宣布退役，你痛苦地倒在绿茵场上打滚的时候，全世界的球迷都希望伤到的是自己，你依然可以飞奔在球场上所向披靡。

你看那群还是愿意在自己的球衣上印上9号的孩子们，他们继续奔跑在通往足球殿堂的康庄大道。他们带着和你年轻时一样的梦，他们依然说，这个世界上最伟大的球员是罗纳尔多。无数个球员依然把你顶礼膜拜，但依然是模仿，无法替代。

我不想知道你在赛场外如何招蜂引蝶，那不是我关注的。我只是怕那群将你团团围住的姑娘们挣扎着消耗着你的体力和你体内充沛的荷尔蒙。我生怕你会因此太快地衰老，我生怕你在某一次爱欲中的醉生梦死之后会一蹶不振。

你发福的身材还是桎梏了你的前程，还是让越来越多质疑的声音传到了你的耳朵里。甚至成了一份沉重的负担，你开始被迫减肥，开始被迫接受过分夸张的体力训练。再也没有为所欲为，当每个人本着对你好的理念去限制你的时候，你做的，不是解释，只是服从。

原谅我没有勇气在本周四或者下周一守在电视前等着看《足球之夜》或者《天下足球》，尽管我知道，这也许是我最后一次看全你在球场上的每一次演出。但我不能接受那些悼词一样的叙述，我知道，你终究会离开，终究会成为让人回望和不可企及的历史，我非常骄傲，因为我亲眼看到了你的蜕变和存活。

你还是走了，你终于还是要回归属于你的那个星球，那个星球没有因为伤病埋怨你的俱乐部，没有因为在绿茵场上看不到你的身影就把你定义成黔驴技穷的球迷。可是你知道吗？想念你的人们试图捕捉你身影的时候，还是要抬起头，瞭望苍穹，面带笑容地猜测到底哪一颗是你。爱你的人会一直爱你，当若干年后，他们给自己的孩子讲起足球的时候，依然会神圣般地说起你的名字，这就足矣。

丨男人别当赵伯瑄丨

前几天凑热闹看了几集《贤妻》，观后感是：果然是芒果台标准狗血剧的格式，让人看了吐了口血还想骂娘。不过里面保剑锋演的男主人公赵伯瑄倒真是有点现代男性的典型特征：大脑简单、行为幼稚、自以为是，脑子一根筋，且好色。不知道到底是因为别人捧他还是因为自己嘚瑟的，整部戏里动不动就看他把自己定义成家里外头的一把好手儿：在他眼里，媳妇拿他当靠山，母亲以他为荣，妹妹靠他养活，一家子的重担全在他老哥儿一个人的肩膀上，他觉得，这就是牛 × 的体现。男人压力过大的结果就是过分自大，当然，任何一个人，甭说是男人，如果在这么大的压力下，如果不是全凭马不停蹄地告诉自己说我最牛 ×，怕是没什么人能坚持下去。

从某一点上看，赵伯瑄也挺可怜的：豁了命地在外头赚钱，自己舍不得大手大脚地花，到头来没得什么好。赚来的钱也没能稳定大后方，反倒成了引发各阶层矛盾的基本缘由。赚钱为了啥？为了家里更好，家里更好为了啥？为了下一代好。下一代都没有，合理继承人都没混上，奋斗的动力又在何方？没生男娃成了婆婆看不上媳妇的根本理由，家庭矛盾成了赵伯瑄工作的最大阻力，工作家里的不太平像是一块死穴，又成了赵伯瑄暴露给所有人的滴着鲜血的淋漓伤口，心肠好的看着他这德行能心一软搭把手，心肠不好的干脆在他这块伤疤上毫不留情地撒盐。

事实就是这样，钱不能帮男人解决所有的问题。钱越多，家里人越盼着生个男孩儿当继承人；钱和事业成了别人眼红的理由，外人依然愿意千方百计地为了钱不停算计你。其实赵伯瑄自己知道自己的处境，不过是因为骑虎难下。扔下哪头儿都不对，扔下工作不干了？一家子没人养活，家里头一摊子事儿没人归置；要是扔下家里人？必然被当作无情无义的代表，被外面的人骂个狗血喷头。

这种外强内弱的男人最容易招惹第三者，也最容易被外在诱惑一举拿下。剧中那个小三正是因为看透了赵伯瑄的处境，看透了这个外表正义凛然的货实际上就是一个人前装×，内心㞞货，满心空虚无处发泄的纸老虎。于是只用一个乐得跟春天似的笑容，一场所谓的私人旅行，一句什么“抛开现在才能奔向更好的明天”就轻轻松松拿下了这个男人。其实如果在赵伯瑄正常情况下，他内心的门槛也没有那么低，只不过，男人处在巨大的压力面前，谁让他轻松泄压，他势必就待见谁。就好比突然掉河里，差点儿淹死之前，谁还会在乎扔下来让自己抓住的绳子到底是啥颜色的呢？

平心而论，你说赵伯瑄有啥本质上的错误吗？其实没有。跟大多数败类男人相比，他还算是个好样儿的。多少个男人背地里偷鸡摸狗，荤素不忌，恨不得一年跟自己家媳妇睡不了一次，回过头来人前倒是摆出一脸正气，好像自己就是一朵淤泥不沾染的莲花，除了媳妇之外旁的女人都入不了他眼。赵伯瑄一没偷二没抢的，心里也确实是有自己媳妇。干所有事儿的初衷就是一心一意地想让家里消停点，大家伙儿都相安无事地好好过就行，到头来倒是混了个鸡犬不宁，众叛亲离的下场，甭说他，换了旁人，谁都有点憋屈。

严格意义上来看，赵伯瑄还算有良心。如果按照现在不少财大气粗的老板的态度，知道第三者怀孕了，完全可以一张银行卡扔在那儿留下俩字“打了”，就可以换来个风平浪静甚至老死不相往来作为了结，但赵伯瑄还愿意为之负责，甚至愿意自己去摆平所有外在压力，努力给孩子一个完整的家庭，直到偶然得知自己喜当爹的刹那才恍然大悟，方知人心叵测。这一系列情节只能证明一点：赵伯瑄本质没那么坏，之所以这么倒霉，完全就是因为他缺心眼儿又要面子，不过倒也活该。

| 一 年 又 一 年 |

每年春节联欢晚会之前的几个小时，央视都有这么一档节目，就叫《一年又一年》，大概内容是几个主持人一边直播春晚前几个小时的彩排，一边陪全国人民准备年夜饭。通常这样的时候，家家户户都是同样一幅画面：难得凑齐了的一家人一边围着桌子一起包饺子，一边聊着这一年来的生活。写这段文字的时候，我面前仿佛也出现了蒸锅、笼屉、香醋、饺子，外面尽是噼里啪啦的爆竹声，孩子们在雪地里跑着笑着……这便是北方的春节，中国最重要的一个传统节日。

做媒体的人有一种奇怪的逻辑：如果把一年换算成十二本杂志，那么回头想想，三百六十五天也只能换算成几个专题。时间懒得等任何人，这本杂志也在一年又一年中经历着一次又一次的成长，一如我们每个人。

此前，无数人在为 2014 年的新假期争论不休，在声嘶力竭地呼喊着应该在哪个节日多有几个休息日，样子看上去颇有些滑稽。实际上，无论假期如何安排，无论调休增加多少，我们总是觉得假期太短，这并不是一种不知足，究其原因大概是因为冲时光飞逝发的孩子脾气。

没错，我们总是很忙，好像总有干不完的工作，也总有用不完的力气，我们总觉得工作大于一切。每一年，我：陪伴在父母家人身边的时间只有春节的可怜几天，匆匆降落在机场，七天后又匆匆离开，开始新一年奔波，周而复始，像是个永远不知道停歇的陀螺。

每年回家，我们都要大包小裹地带回若干件东西，我们甚至开始给父母包红包装压岁钱，我们到底该给这些我们爱的人买些什么礼物？问他们的时候，他们却总是说“你人回来就够了”。是的，他们要的就这么简单：回家是给父母最好的礼物。今年，我打算给刚考下驾照的父亲买台车，以满足这位工作了二十七年的老警察的一桩心愿。我们尽可以从中选些实在又炫酷的东西送给我们爱的人。陪伴父母的时间太少，我们也自觉理亏，又没法改变，于是我们就开始用重礼作为补偿，以此来略微填补内心对家人的歉疚之情，而实际上，我们原本可以让自己不用背负那么多压力的。

今年对滕华涛的一番访谈让我印象深刻，这位在两年前一手打造了《失恋 33 天》三亿票房奇迹的导演在去年年底推出了新电影《等风来》，这一次，他跟我们说，他不想要几亿的票房，他只是想用这部拍摄于尼泊尔的电影告诉现代社会的人们放慢生活节奏。滕华涛说，现在的人总是不高兴，无论赚多少钱，无论在别人眼中多么成功，内心也总是不满足，不高兴，其实我们到底在着急些什么呢？有什么事儿是非要今天做不可呢？到底是谁给了我们那么大的压力呢？与其一个劲儿地跑，不如慢下脚步，等风来。

滕华涛的说法让我想起了今年做过的一个采访，2013 年，我采访了一家突然走红的咖啡店。原本这家店的咖啡、环境均与别人家的无异，但老板突发奇想，把营业时间调整为每天的上午九点至凌晨零点。老板自己对这件事儿的解释是：现在的人太忙了，他们连坐下来喝一杯咖啡的时间都没有，连买杯咖啡都要带走。我就想，让他们在白天忙活一整天之后，即便在夜深人静，也有时间坐下来，一个人静静地上一会儿网，喝一杯自己中意的咖啡，也有更多的时间去想想自己，这才是生活。细想想，其实是这个道理。

不如，就从这个刚刚启程的 2014 年开始，我们可以不再让自己那么狼狈，让自己少一点儿抱怨，慢一点儿生活，把一些并非出于本意的计划从我们新一年的计划清单中划去，没有必要为了一些累心的事件和人耗费我们的精神体力。顺便多留一点儿时间给自己和家人，简单自在也会快乐，其实人生也不必一直奔跑，2014，就算为自己活一年。

| 论时尚杂志编辑的特殊性 |

做杂志编辑之前，我从来没做过类似行业。最多的时候，我无非给杂志撰过稿写过专栏而已。那时候我听过这么一个说法："时尚杂志编辑是一群每个月赚八千块的人，告诉那些每月收入三千块的读者，月入五万的人群该怎么生活。"这种说法显然有失公允，严重夸大了某些成分。比如说：我们实际上每月赚不到八千块钱。但是你确实能看出来的事儿是，这个行业有它的特殊性。

一个好的时尚杂志编辑，首先不能太过理智和教条，换句话说，每天活得太严肃，过于认真的人是当不了时尚杂志编辑的，如果你有一颗拯救地球和统一全球的心，那么请你不要入这行。杂志是给人消遣用的，是帮助人在人家现有生活上变得更好的，它一定不是以改变读者的人生坐标为创刊目的的，它是让人放松的，它不是人类的另外一个老师。你可以在一个专题或者是一张图片中表示出一个好玩儿的事儿，但是你写这篇文章画这幅画的目的一定不是让别人看看我有多牛 ×，而是告诉你，哎，这事儿还可以这么玩儿，咱们一起乐呵乐呵呗？如果你抱着一颗惩前毖后的心，那么请你不要入这行。谢谢。

关于“时尚类杂志”这几个字，它的主语是杂志，是杂志就是一本读物，它不是新闻与报纸摘要，它也不是时代周刊，它是以好玩儿和服务性为主的，一半是图，一半是文字，图文并重，这就是它跟报纸和新闻类周刊的主要区别。说实话，这个时代好为人师的东西已经太多太多了，没有读者会愿意在加班一天进修了一个月后苦逼地坐在地铁上想着终于完事儿了，可以回家休息了的路上随手翻了一本杂志，发现上面写着《赚钱少是因为你人生目标不对》。

我理解的时尚杂志编辑，首先要有一颗玩儿的心，它是爱玩儿的，爱分享的。喜欢认识一群各个行业各个领域的有趣的人，也喜欢听他们给你讲故事，也乐意把这些玩意儿分享给所有人的这么一类人。我们做时尚媒体，不是做新闻，不是做点评，不是做态度，我们就是一个人类的平面朋友，让读者觉得每期都买这本书，就是因为想听个朋友说说话，这就行了。你要是真觉得，做这本杂志是为了显示自己过得有多牛 ×，别人都是大傻 × 的话，那你最好去搞行为艺术，如果你是想用这本书来给所有读者洗脑的话，那么请你直接去考教师资格证，相信广阔天地大有作为。

把时尚杂志解剖开，是包罗万象的漂亮的图片，印刷精美的一本刊物，是贴近生活，读起来能有点共鸣的内容，或者是某个信息的最先发布者，这就可以。没有必要非要弄得老气横秋，非要传道授业解惑。你要明白一点，即便你针对的读者年龄群是三十五岁，是有岁数有经历有分量的人，但你也要知道，既然他能选一本时尚类杂志来读，也足以证明，他是他们同龄人中玩儿心比较大的，或者相应的，他是喜欢多维生活的，他要是想来净化心灵早就去学习历史了，他要是想写牛 × 的小说早就去奋笔疾书勇夺诺贝尔了，他买这本杂志是为了这个月找点儿话题，找点儿乐子，找点儿牛 × 的事情做，他可绝对不是闲着没事儿了，找个过去闹心的事儿痛定思痛，或者读你这本杂志增强精神文明建设。

一场荒木经惟与蜷川实花的较量

虽然同为传媒，但杂志和电影很不一样，一个人很少每个月花上几百块买若干本杂志。只会从中选择一本，掏出二十块大洋，然后看个乐呵儿。就二十块，不是买你的就是买我的，所以会有竞刊这一说。不过电影市场可没这么大的竞争力，看最新的电影是个时髦事儿，一个月花上个两三百看几部大片完全正常，所以电影即便是再商业，竞争的火药味也不浓。现在倒是想没事找事，说说张艺谋和冯小刚的较量。

去年的差不多的时间，一部叫作《金陵十三钗》的电影横空出世。今年,轮到了冯小刚和他的《1942》。之所以要把他俩放在一起相提并论，是因为发现两者有些共同元素，大致如下：一、两者都以战争作为背景，天灾或者人祸。二、两部电影虽然都用了战争当作背景，但都是想从满目疮痍中表现出温暖的人性。三、张和冯都在电影中安排了一个外国人当作救世主。四、两位导演都是国内首屈一指的导演，一个是中国式黑色幽默创始人，一个是视觉色彩混搭小王子。五、两个电影我都在影院看了两遍，当然，是因为我恰好有富余时间。

张艺谋擅长女性题材电影，从早些年的《大红灯笼高高挂》到去年的《金陵十三钗》，从当年的巩俐到去年的倪妮，他就是有这个本事，能把一个看上去长得并不国色天香的姑娘大笔一挥地抬举到国内一线佼佼者的位置。你说巩俐或者倪妮有什么特殊的地方吗？你说她们演技好到无法替代吗？你说她们长得绝对倾国倾城吗？你说她们有些什么特殊的地方别的演员根本替代不了吗？你说除了她们之外，那个角色就再没人能驾驭吗？好像都不是。

冯小刚认为，媳妇儿会演戏，所以可以靠演技去驾驭更多的女性角色，徐帆也确实没给任何人丢脸。她在电影里的角色不够光鲜，但实际上演得个个都声嘶力竭，让人抓心挠肝。但张艺谋像追求影片的美感一样追求自己电影里女星角色的脸要极致好看，这倒也是个办法。就像所有人在看完两部影片之后都会记得十三钗里，玉墨的那瓣红唇那身艳色旗袍和走路晃荡的屁股，却未必都能记下东家太太为了孙子能多喝上一口奶解开死去的儿媳妇的衣裳露出的那只沾满炮灰的干瘪乳房。

冯小刚不一样，他用演员相对固定。基本上一个电影的大梁都是靠这些个人挑起来的，永远是一个冯氏固定班底，加上几个相对新的面孔，凑成了一部戏的全部阵容。在这个问题上，他很少换口味。他用的人就那么几个，他媳妇儿，他哥们儿，他同事，诸如此类。但好就好在即便是换汤不换药，但观众看上去并不讨厌，驾驭角色也不显得牵强。比如我就不能想象，假如要是让葛优演影片里教父张涵予那个角色，我到底会不会在他给死人超度亡灵、高歌一首的时候吐血而亡。

张艺谋比冯小刚更知道自己擅长什么。他并不擅长讲故事，但他却是个地地道道的抒情高手或者说是个视觉大厨。张艺谋对电影每一个环节的视觉要求都是极致完美的，连死也要死得楚楚动人。他会安排豆蔻惨遭强奸后被一刀刺穿的时候，鲜血飞溅到五色琉璃瓦上也要极致美感，而冯小刚不会，他的处理显得简单粗暴，于是就有了演到栓柱被日本兵的长刀刺穿头颅时，满座的人都同时捂住了双眼。

张艺谋把更多的精力放在了影片的美感上，但他并不是一个很会选剧本的人。他用影片每一个场景的极致美艳弥补了故事情节的粗糙，如今回想十三钗整部电影，似乎没有人会想起除了日寇打砸抢杀之外的其他剧情。但冯小刚对剧本的故事内容则相对挑剔，他选择了一个再简单不过的场景：逃荒。但所有故事和人性的变迁都是发生在这样的一路上。从这一点来看，冯小刚虽然教条，但显得更能专注电影该专注的东西，而张则显得十分像一个美工。

《1942》里，冯小刚把哭戏设计得很奇怪，似乎所有的哭戏都是设计在有人被饿死冻死或者被轰鸣的敌机炸死的一路上，等真的当花枝卖了自己塞给一双儿女祖先牌位时，当东家唯一的孙子最终被自己捂死在怀里时，冯是完全没有用演员一滴眼泪的，倒是有了点儿震撼人心的苍凉。张艺谋的泪点就比冯低，他在十三钗里把哭戏安排在影片高潮部分，演员和观众一起哭，算是共鸣。但问题是：抱头痛哭的结果是哭完就哭完了，永远有人记得花枝和栓柱换棉裤的那一片苍凉的苞米地，而未必能记起玉墨和约翰最后一夜云雨后的离别眼泪。

再说外国人在电影里的作用。张艺谋把教父约翰安排成一个改邪归正的浪子，他从开始的自私到最后的救人于水火，完全实现了一个人性的光辉转变。相比这种圣洁和高调，冯小刚把影片里的白修德安排成一个可怜的孩子，他从一开始就是个记者，他一直想成为一个救世主，他想改变一些人，但最终无能为力。上帝就像没有庇佑神父小安想要庇佑的那些孩子一样，没有给他任何特殊照顾。它更像是你或者我，梦想好像一直都距离我们那么近，但却从不让我们摸它一把。

张艺谋是个地道的文艺青年，从选剧本、选演员、选场景、台词上都可见一斑，所有人都能记得子弹穿破琉璃瓦，玻璃片四下飞溅有如烟火绽放的场面。冯小刚则是个大街上常见的普通青年，想做什么抬手就做，只不过在处理到电影台词的时候会把自己往二逼青年的路子上靠一靠，不过再靠，他的作品里也有明显的冯氏效应，好像卡了戳，某点特质一看就让人知道这是冯小刚作品。这也就是为什么十三钗里会出现年轻女学生们齐唱咏叹调的美丽场景，而《1942》即便再是个灾难片，但中间也会掺杂着惹来满场笑声的人物或者对白。

冯小刚和张艺谋的对比，就像是两位日本摄影师的较量，荒木经惟和蜷川实花。荒木经惟的照片来得真实，刺眼，看上去毫不客气，却气场十足，有一种从始至终没变过的劲头儿在里面。至于蜷川实花，好像看上去更文质彬彬，仿佛让人眼前绽放了一片春天，从此后再见到一点儿疮痍，都算是对内心的考验。相比之下，冯小刚的这部片子可能未必有十三钗那么商业，但在这局的较量中，却用它的简单粗暴，直刺人心。

我看教师这一行

2005~2009 年，我就读于家乡哈尔滨的某个师范大学中文系，期间，我跟所有大学生一样，逃课，上网，谈恋爱，也跟所有师范生一样，在中小学开家长会的时候站在校门外面举个“家教”的牌子给自己赚点儿钱。2009 年，我大学毕业，领了毕业证、普通话等级证、教师资格证，全家人和我一起，托了七大姑八大姨，费了九牛二虎之力考上了某大学附属高中的语文组教师编制，2010 年 9 月机会使然，造化弄人，毅然决定辞职进京，做了时尚杂志编辑，至今三年。

我总是说，一个人做过什么，骨子里就会流着什么血。尤其是第一份工作，它会给你洗脑，让你习惯用一种思维方式来考虑问题。直到今天，我看电视剧里有教师上课的情节，依然会判断教师的板书如何，语速如何；看到新闻里有说老师的什么待遇问题，依然会第一时间点开新闻看个究竟。这是病，但是我放弃了治疗。

教师是这个社会上最有争议的职业。很多人骂他们，表示对这个行业失望，每个人都说我以后要让我的孩子去美国念书，但实际上呢？实际上还是他们，还是这些愤怒的父母把中关村的房价炒到无限高，还是他们，为了一个四中的名额倾家荡产打破脑袋。这说明什么？说明他们对中国教育的现状失望，他们对待教师队伍中的鱼龙混杂表示无奈，但是他们依然让孩子去接受这样的教育，他们依然会把孩子走向成人路上最关键的几年交给昨天刚刚在网上骂过的组织。

教师跟医生警察一样，是一种大多数人看上去有些争议的角色。所有人都觉得现在岗位上的人做得不到位，但实际上，没了这些岗位你就是活不下去。我表弟今年考大学，他学习不好，分数不高，他问我该报哪个学校？我说我不管你去哪个大学，但你一定要上大学。你不一定是去用四年学知识的，但是必须要有这个经历，不然你以后肯定会发现，你比正常的孩子少了点儿什么，那东西到底是什么你说不清楚。但缺了，以后怎么也补不回来。

我承认，中国的孩子是全世界孩子中学习最好的，他们从小就被灌输了一个题目可以用许多不同种解答方法解答，他们同步开始学习汉语拼音和英语字母，这也许是个问题。但好就好在，社会是无情的，是公平得出血的：你是傻×，高学历根本帮不了你。即便是有人拼了爹，拼了爹的爹，成功得到了一个什么位置，他坐在上面，一脸高贵冷艳，但是这依然阻挡不了他是个白痴，他依然没有能力，这有目共睹。书本不会教你怎么不成为一个白痴，试卷只能给你一个冰冷的分数，等到了社会，你才会发现，分数是最没用的一个东西，而活在这个社会的每一天，其实都在考试。

我从来不恨教师，不是因为我做过这行我才这么讲，只是因为我知道这一行业到底在做些什么。冲劲儿年轻的时候有，年轻的时候呢，家长又不认可，总觉得年纪轻的老师经验少，就像没人喜欢让一个二十岁的医生给你做阑尾炎手术一样。人家也没做错什么，就是感觉没信任感。好容易熬到年纪大了呢，你的知识，你对这个东西的理解好像已经根深蒂固了，你已经是坐堂老中医了，是你没了激情，你讲出来的每一句话就像是从你一千万的存款中拿出的一块钱，心中不会再有波澜。于是一辈子也就这么过来。我记得刚进学校的时候，语文组的一个老教师就跟我说，教师这一行啊，不求有功，但求无过。现在回想起来，好像突然品出了滋味儿。

每个老师教的东西，其实都差不多，都是一本教学大纲，都是一套路子，你天天看别人教都能学明白路子，差不到哪儿去。孩子在变，家长在变，需求在变，社会在变。只教书本就是扯淡，但不教书本又成了不务正业。举个例子，现在的孩子四五岁出门也必须家长抱着生怕出事儿，而我们四五岁的时候已经能想去哪儿自己跑着玩儿了，一样没事儿地长这么大。你不能说现在家长的需求，孩子的现状就是错的，他们也是想利用现有条件让自己让孩子让家庭变得更好，不管你看不看得惯他们的方式，孩子都还是一样地成长起来了。吃苞米面的孩子跟吃意大利面成长的孩子，并没有明显不同。都要面对漫长的人生，都要经历现实的摧残，都要经历年华的洗礼，也都要经历未知的灰暗。

最后，有几句话要说给家长。那就是：别把太多愤怒的种子栽种在孩子心上。十八岁以前，父母就像工匠，你把什么种在孩子心里，孩子就会让什么东西繁殖长大。你从小告诉孩子，你很棒，但你的老师很糟。

你总觉得你的宝贝是天才，别的都是狗屎。孩子会学到什么？找客观理由？转嫁责任？还是压根儿就会成为一个自以为是的变态？你要怪谁？怪老师吗？其实你要知道，孩子跟家长待在一起的时间更长。

再说说老师们，更多的孩子需要鼓励，年纪越小越是。请不要按照大人的标准来衡量孩子，他们如果能在八岁的时候做到你十八岁做的东西，那么要你又来做什么呢？今天能比昨天强，就是一种进步。不要总觉得这拨学生笨，其实都一样。因为你都会，所以你才觉得不会的人笨。就这么简单。你的一句鼓励也许只能帮你的孩子们打一针能持续三天的鸡血，你的一句失望却能让孩子沮丧一生。怎么做教师，全凭良心，你可以不把孩子们都教到北大清华，但如果你有本事让你的学生都做个好人，那也是你的本事。

总而言之，我是想说：教师这一行业最重要的，其实也许不是教给孩子知识，而是教给孩子社会。这才是无价之宝。你当然不想让孩子被学校毁了，但也别让孩子被你自己毁了。

| 来，咱们就说说大学 |

今天在微博上发了这么一句话："孩子们私信问我，填志愿到底该选什么专业。我说学哪个专业跟考哪个大学一样没那么重要。孩子们很不高兴地说，万一选错专业以后入错行怎么办。可是小伙伴，你真的觉得你学什么专业以后就能做哪个行业吗？退一万步说，你真的觉得上大学是去学知识的吗？你把大学理解错了，换句难听的说是你太高看自己了。"后来看到不少留言，说你之所以这么说因为你是报着混的想法上的大学，还有人质问我，你要是不读中文系你能现在做现在这个行业吗？

好，那就从我自己的实际情况说起。我的自然情况如下：女，2005年高考从哈尔滨某高中一文科班考入某师范类院校就读中国语言文学系汉语言文学专业。和大部分姑娘以及文科学生一样，我的数学成绩几乎可以在四舍五入之后忽略不计。扪心自问，我没听过任何一节高中数学，所以得了个高考数学成绩 34 分的下场，但好在有别的科目救我。高考成绩出来后，数学成绩与我估的分数丝毫不差。语文 133，英语 136，选专业那天，是个夏天的午后，和现在大多数考生一样，我爹妈也是把我围在桌旁，但庆幸的是，他们俩还是以我的意见为主，当时说的话如今想起还是让我很感动，他们俩说:“自己合计吧，你就这点儿狗屁分数，看哪个学校能要你吧！”估计他们俩是被我的数学成绩气晕了。

我做了如下思考：读英语系，在我读大学那个年头，英语还被视为就业前景最好的专业，算是大热门。而且我英语学得也不赖，完全可以去读这个专业。但是转念一想，听说英语专业大学期间要经历若干次考试，什么四级六级，什么专业八级，当时甚至有传言说，不考到这些本本就别想拿到毕业证。当时的我虽然成绩不算太好，但也已经被高考折磨得筋疲力尽，当时想的是上大学图个彻底解脱，如果万一选了个让自己不着消停的专业，等于把未来四年的自己一脚踢进粪坑。且不说毕业好不好就业，我到底能不能活着毕业都两说。

于是我就想，我必须选个即便是我在大学期间不学习，不努力背书，不用考多少个证书也能拿到毕业证的专业。最后，我选了中文系。一个当时被认为是所有中国人都能学的毫无难度的专业，一个毕业前景我都知道有多难的专业。

到大学报到的那天，我才知道一个好消息和一个坏消息。照例先说坏消息，这个学校的中文系是师范专业，也就是说，我毕业前到底还是要考下来教师资格证和普通话等级证。但这个坏消息很快在好消息的帮衬下显得微不足道，下面播报好消息：国家规定，师范生每个月都能得到一笔据说是政府发给的补助。

大学期间，我和所有大学生一样，认识了一帮来自天南海北的室友，用了大半个月的时间才记住了所有同班同学的名字，跟别的班男生谈恋爱，晚上去网吧通宵打游戏，上课坐成一排睡觉，跟同学相互帮忙写作业。只有在期末考试之前才奋发图强地学习几天，只求不挂科。大四写论文的时候还给自己选了一个最擅长的现代文学的题目，一来因为那个小说我熟得都能背下来，第二是因为现代文学的教授为人和善，于是托这两点的福，我也就顺利毕业。

2009 年的 9 月是毕业后的第一个秋天，我跟所有毕业生一样没工作。爹妈这时候开始着急，他们开始帮我托关系找工作的同时，也逼迫我做一大堆《行政能力测试》和《申论》的题目。是的，他们打算让我考公务员。我记得上一次做这么多的题还是在高中时代被迫做《五年高考·三年模拟》那会儿。结果如大家看到的那样，我还是狗屁没考上。于是在亲戚的推荐下去应聘到某个并不太有名的高中做语文老师，凭借标准的普通话和对高中语文的烂熟，面试成功。在工作第一年的暑假，我得到如今单位的邀请，反复权衡利弊，想了几个晚上没睡觉，最后一咬牙辞了职，才有了来北京做杂志编辑这份职业，至今三年。

当时我想，适合做杂志编辑的大学专业应该是编辑出版学，起码也应该是新闻与传播学院出来的那些大姑娘和小伙子们，我一个学师范的中文系学生，来了难道是给人批改作文，纠正错字用的吗？直到我来了办公室，才发现，同事中有学临床医学的、有学影视导演的、有学人力资源管理的、有学投资与金融的，还有的干脆是学计算机的，中文系已经算是最接近现在工作的专业。这让我泪流满面，突然想起了一位先人说过的一句话果然没错儿：大学不是用来学习的。

我的经历当然是个例，但这就是现实。谁都没有必要非把大学专业跟毕业就业的工作内容强行结合。假如你是个英语系的学生，毕业之后给你个人力资源的工作，你能因为专业不合就拒绝吗？没人说学什么专业以后就一定能从事什么工作，也没人说过没上过大学的以后就不会牛×，一切还要看你自己。最后要说一句话，所有人，可以不上大学，可以没工作，但是必须要有一个能让自己吃上饭的本领，一个就够，起码饿不死自己。起码不至于觉得你会的本领所有人都会，现在这个社会，会点儿什么本事都能吃饭，这就是电工瓦工啥的比白领赚得都多的原因。非得要那个面子工程没用，有本事让自己活得滋润才是实在的。九年义务教育加上三年高中，十二年读书已经把人折磨得够呛，没必要再让未知的四年大学以及更未知的人生和自己轮流发生关系。

| 我死了你会想我吗 |

我有一种奇怪的小说情节。

前几天买了两本曾经风靡一时的小说，《成都今夜请将我遗忘》和《北京娃娃》，前者是我用了两个半小时看完的，后者是实在睡不着的时候才打开书看了看，翻了两页，然后我告诉我自己：你看不懂这种境界的，你还是接着睡吧。

十四岁的时候开始写我的第一部小说，买了四个颜色迥异的笔记本，然后开始利用上课时间下课休息时间体育课时间回家写作业时间写啊写，算是自传体，记录我故作深沉的学生生涯和我刚刚萌动的初恋。写满四个本子的时候，我简单计算了下字数，应该是二十万字刚好。然后长舒一口气，没有给任何人看这些东西，把它们安静地放在柜子里，留作纪念。

高中的时候，因为月考考场上的两篇作文被登在省级报刊上，于是当时校刊的主编找到我，推荐我进入省小作家协会。听说我写过小说，于是非常兴奋，非要把手稿要过去看一看，我说你们看不懂那些字的，而且我没打算让它出版。校刊主编一脸厉色：为什么不呢？这对你自己对学校都是一件再好不过的事儿。

我说我要高考，我不需要宣传。

我并不排斥别人看我写的小说，我怕的只是他们把手稿删改得不成样子，完全违背了我当时写它的初衷，那不是我想要的状态。

我不能卖了我珍贵的时光和幼嫩的笔法，换来一份所谓的荣耀光环。

现在我写微博，这种只有一百四十个字的东西让我觉得轻松自在，不需要繁文缛节，只需要寥寥数言，或者只说故事梗概，一样可以恰到好处地抒情，不会觉得片面。

写微博时间长了会落下一种坏习惯，写长篇文章的时候会缺乏灵感，一百四十字好像一种强迫症，逼着人们一语中的。容不下太多寒暄和铺垫。

但是我喜欢看小说，大学所学专业的关系，我有非常快的阅读速度，经常一本书买回家，两个小时之内就解决掉它，然后又开始沉默，投入到新一轮天翻地覆的无聊中。

我有一柜子的小说，也有一柜子的玩具。书留给以后未知生活中已知的自己，玩具留给以后已知生活中未知的孩子。我希望我自己以后能在书里学会冷静和感性，希望我的孩子能在玩具中学到快乐和聪明。

微博终究是一种新的记录生活的方式。我不知道我还愿意这样写微博多久，也许有一天，我被新浪和谐掉，我开始厌烦微博带给我生活的打扰，我会毅然决然地关掉它。

我知道你们有些是真心喜欢看我写在上面的直抒胸臆，但是你们听我说，喜欢我，并不是一定要知道她的QQ号码知道她的电话号码知道她姓字名谁知道她的音容笑貌。这些东西其实都无关紧要。你们喜欢的是我说给你们听的话，未必是我这张清汤寡水的脸和平淡无奇的生活。我爱你们，你们爱我，那你们为什么又要打扰我？

我不想红，但是只要不被和谐掉，也许我会一直在微博里说段子给你们听。我不想借此博取什么名声，我说的只是我的见解，仅仅如此。我不是凤姐，我不是芙蓉。

曾经在豆瓣上自曝过自己和男人的故事，后来这个帖子被和谐掉了。当时很多人在看，跟我说，你是木子美吗？

现在很多人跟我说，你是洪晃吗？你是孔老师吗？

我不是，我是暖小团。

有种说法是：男人，或者女人，做爱高潮的一刹那，想到的那个人，其实就是你心里最爱或者最在意的人。因为那一刹那你无比真实，你所有的兴奋化作热流流淌出裤裆的时候，你整个的人已经再没有什么东西值得隐藏。

我选择一开始就在你们面前敞开心房，觉得这是一个宣泄场，我不需要对这些东西负起什么样的责任，我只想要自说自话，恰恰好的是我某个句子扎到了你的心房，于是咱们相互会心一笑，你就觉得，我是个好姑娘。

可是我想说的是：我死了，你们会想我吗？

微博上会逗大家笑的姑娘还有不老少，你们会发现有姑娘比暖小团有思想。有姑娘比暖小团还会说欲望。

我想说些自己想说的，给你们听，也给我自己分享。

尽管没有一个个回复那么多的留言或者转发，尽管我面对那么突然而来的关注手足无措，尽管我每天都要面对一群一群的姑娘或者爷们儿骂我骚货，但是我冲天发誓我从来没有恨过。

我知道，一个人真的烦另一个人的时候，最显然的态度是话都懒得跟他说。

谢谢你们关心，谢谢你们鞭策，谢谢你们告诉我应该怎么生活，我必然不会走从良的道路，因为我觉得，语言流氓，要好过于现实的放荡。

我没想说什么，我最近身体十分不好，语言晦涩，不懂的话，你们可以恰好假装路过。

| 谢 谢 你 们 曾 经 看 轻 我 |

从 2010 年的 8 月开始，大量的粉丝涌入。完全没有预料到，原因是一位群众转了我的一百条语录在人人网。

生活于是彻底被打乱，QQ 上过去的朋友问：你认识网上那个暖小团吗？人人网上的朋友问：原来暖小团是你啊？微博上来势汹汹的围观让我非常无奈。

一个月之前，我可以安静地写微博，有八千多个关注。当现在这个数字疯涨到三万的时候，我觉得自己写东西的心情完全不一样。

每天都有人来骂，暖小团你这个骚货，暖小团你这个东北婊子，暖小团你是教师中的败类，暖小团你人尽可夫。

我该做什么？

我说你们不能对一个不完全了解的人恶语中伤，你们有什么权利凭借一两句话断定我的作风人品，你们不喜欢我可以不看我，你们到底有没有这么恨我。

我什么都没有说，不需要任何解释，爱我的人会永远都爱，他们会知道我其实是什么样的姑娘。不爱我的会一直恨我，我是他们主要的出气筒。

我告诉自己平和，这是一个完全开放的空间，你有权利在上面演绎一个风骚的你，你可以把你心里所有的愤怒用浪荡来解释，那你凭什么容不下别人来骂你。

只是有几种情况我是不能允许的，比如，你们可以伤害我，但是请放过我的亲人朋友，我爱的人，或者是我所在的城市。

昨天发微博回敬了骂东北姑娘都是鸡的群众和说处女就不应该抛头露面的群众，我没有给东北姑娘增光添彩，但是我不允许任何人武断地恶语中伤。我没有做到婚前没有性行为，但是你们没权利打击因为爱一个人所以奉献所有的单纯的姑娘。

我想说我没有买过粉丝或者求什么人捧红我，我不想红，我也不适合红。我生活中不是过于放浪的姑娘，我有我自己的生活旋律。有我爱的人和爱我的人，没有承诺，会感觉深刻的不安，但是我每天生活坦荡快乐，我不喜欢用什么办法捧红自己，我不需要别人关注，我愿意说话给我自己听。我敢发誓如果我花钱买粉丝求关注我出门被车轧死，可是你们敢说处心积虑来指责我的人，你们没有任何鬼祟的目的，你们敢和我发一样的誓吗？别和我玩儿，你们真的玩儿不过。

不需要问我我的 QQ 号是多少，你们觉得我给了你 QQ 号我就是喜欢你我们就可以网恋我就可以跟你上床了是吗？不需要问我我的工作在哪个学校我人人网叫什么名字，苦苦人肉我又有什么必要，即使知道我真的是谁，又能从这种窥探中获取多少快慰呢？

我就是平常到不能再平常的人，不是吗？

有朋友劝我加个 V，原谅我这件事情我永远不会做，我自认为我没有任何东西可以值得成为名人，我其实很看不起只有很少的关注者，跟那儿显摆 V 的所谓名人，大家都是平常人，没有必要那么累，为什么要端起那么个架子，让自己干脆下不来。

昨天和我要去深圳工作的闺密去咖啡店，谈话的时候她突然问我：你最近怎么了，你为什么变得这么理智？我之前从来不觉得你是个理性的人，但是你现在居然有了男人都不一定有的理智。

她不知道我是暖小团，我不想告诉她我是谁，我只是她的闺密，那个与她认识了十七年的姑娘。

有些迫不得已的改变，我被迫逢迎，竟然没有半点儿僵硬。

也有喜欢的留言给我，有的人说：小团，也许你聒噪的话里有你一颗敏感和单薄的心吧。有的人说：小团，别理他们，你实在累了的话，我们不需要迎合他们。前天看到的留言说：小团，我刚看了天气预报说，哈尔滨要降温，你记得加衣服，别生病。

是的，有人恨我，有人爱我。我没有回复恨我的人，我不是那样不堪的人。我也没有回复爱我的人，你们的留言让我想哭。

昨天看到一条留言，一个姑娘问我：暖小团，你为什么每天都那么快乐，你怎么可以这么快乐？

亲爱的小姑娘，你们来看我，因为喜欢看我的不拘一格。我有什么权力告诉你们我心情不好惹你们忐忑？我没有告诉过你们我有时候一个人睡觉会哭醒，我没有告诉过你们我从大二开始不要家里一分钱自己在零下32℃的哈尔滨站在学校门口等着给人家当家教，我没有告诉过你们我在去年还被人骗得人财两空的故事，我没有告诉过你们我还没有爱情不是我没人要而是因为我心里不敢再接受一次爱情。

这就是我，也许你们听到这里的时候发现我已经不是你们当时想象的模样，没关系，喜欢我，可以继续听我说，如果不喜欢，那就继续你自己的生活。

我曾经跟人说过，如果我有了爱人，我会停笔，不再更新微博。因为我不年轻，我不需要张狂。爱情这个东西我要细细体味，才不浪费它任何一个模样。

谢谢你们曾经看轻我，谢谢你们曾经的恶语中伤，谢谢你们的关怀体谅。

也许有一天我再也不写微博，那么，请你们忘了我。

图书在版编目（CIP）数据

成人之美 / 暖小团著. — 长春 ：时代文艺出版社，
2014.6
ISBN 978-7-5387-4248-0

Ⅰ. ①成… Ⅱ. ①暖… Ⅲ. ①随笔—作品集—中国—
当代 Ⅳ. ①I267.1

中国版本图书馆CIP数据核字（2014）第051255号

出品人　陈　琛
产品总监　郭力家
责任编辑　王默涵

成人之美
暖小团　著

出版发行/吉林出版集团　时代文艺出版社
地址/长春市泰来街1825号　时代文艺出版社　邮编/130011
总编办/0431-86012927　发行科/0431-86012939
网址/www.shidaicn.com
印刷/三河市祥达印刷包装有限公司
开本/700毫米×980毫米　1/32　字数/155千字　印张/6.5
版次/2014年6月第1版　印次/2014年6月第1次印刷　定价/32.80元

如发现图书质量问题，可联系调换。质量投诉电话：010-80269336